Klarant Verlag

AF151618

Die gebürtige Ostfriesin **Sina Jorritsma** aus der Krummhörn studierte in Hamburg Germanistik und Philosophie, bevor sie wieder in ihre Heimat zurückkehrte. Sie veröffentlicht unter Pseudonym, weil sie ihre Umgebung genau beobachtet und Ereignisse aus ihrem Leben in ihre Geschichten einfließen. Das Romaneschreiben ist ihr kleines Geheimnis, das nur wenige Menschen kennen. Bei einer großen Kanne Ostfriesentee mit Sahne und Kluntjes kann sie halbe Nächte durchschreiben, tagsüber hält sie sich mit Joggen fit. Sina Jorritsma lebt mit ihrer Familie in einem kleinen Ort bei Emden.

Sina Jorritsma

Friesenbus

Ostfrieslandkrimi

Klarant Verlag

Copyright © 2025 Klarant GmbH, Rockwinkeler Heerstraße 83, 28355 Bremen

Klarant Verlag, www.klarant.de – www.ostfrieslandkrimi.de

E-Mail: ostfrieslandkrimis@klarant.de

ISBN: 978-3-68975-272-9

1. Auflage 2025

Umschlagabbildung: Klarant Verlag

Alle Rechte vorbehalten. Das Werk darf – auch auszugsweise – nur mit Genehmigung des Verlages wiedergegeben werden. Der Verlag behält sich die Verwertung der urheberrechtlich geschützten Inhalte dieses Werkes für Zwecke des Text- und Data-Minings nach §44 b UrhG ausdrücklich vor. Jede unbefugte Nutzung ist hiermit ausgeschlossen.

Ähnlichkeiten in dem Ostfrieslandkrimi »Friesenbus« mit real existierenden Personen, Örtlichkeiten, Unternehmen sind rein zufällig und nicht beabsichtigt. »Friesenbus« ist ein fiktiver Krimi.

Printed in the EU.

Kapitel 1

»Sie rufen bei der Polizei an, weil die Buslinie geändert wurde?« Kommissarin Mona Sander konnte nicht glauben, was sie soeben zu hören bekommen hatte. Entsprechend fassungslos klang ihre Stimme, als sie diese Frage stellte. An dem sonnigen Augustmorgen saß sie in der Telefonzentrale der Borkumer Wache, um ihre Kollegin Grietje Smit kurzzeitig zu vertreten. Die Polizeimeisterin musste sich nämlich momentan »die Nase pudern« – ihre übliche Umschreibung für einen Toilettengang. Also hatte Mona das Telefonat angenommen, was sie jetzt schon bereute. Bei dem Melder schien es sich nämlich um einen ausgesprochenen Querulanten und Rechthaber zu handeln.

»Sie halten das wohl für eine Lappalie, junge Frau?«, bellte er mit einem nörgelnden Unterton in der Stimme.

Woher will er wissen, wie alt ich bin?, rätselte die rotblonde Kommissarin. Sie war Anfang dreißig, insofern traf die Bezeichnung durchaus zu. Außerdem hatte sie beim Annehmen des Gesprächs ihren Namen gesagt. Und Mona Sander war auf der beliebten Ferieninsel durchaus bekannt, weil sie gemeinsam mit ihrem Kollegen Enno Moll einige spektakuläre Mordfälle aufgeklärt hatte – zuletzt den tragischen Tod einer Tätowiererin. Sie kam mit ihren Überlegungen nicht weiter, denn der Anrufer schien gar keine Antwort auf seine Frage zu erwarten: »Wo kommen wir denn da hin, wenn hier jeder macht, was er will? Als eben gerade so ein großer Linienbus plötzlich durch den Geusenweg kurvte, hatte sich Wotan beinahe zu Tode erschreckt!«

»Man sollte meinen, dass der Hauptgott der nordischen Mythologie gelassen über solchen irdischen Widrigkeiten steht«, erwiderte Mona spöttisch. Natürlich konnte sie wieder einmal ihre Klappe nicht halten. Oft war ihr Mund schneller als ihr Verstand, wodurch sie öfter in Schwierigkeiten geriet. Es nervte sie einfach, wenn Anrufer wegen irgendwelcher Nebensächlichkeiten die Polizei von wirklich wichtigen Aufgaben abhielten. Momentan herrschte touristische Hauptsaison auf der größten ostfriesischen Insel, und es gab für Mona und ihre Kollegen jede Menge Arbeit. Da mussten sie sich nicht auch noch damit befassen, dass ein Bus falsch abgebogen war. Bei dem Anrufer kam ihre Reaktion gar nicht gut an: »Machen Sie sich etwa über mich lustig, Frau Sander? Wotan lautet der Name meines Labradors, er ist ein sehr sensibles Tier. – Ich werde mich über Sie beschweren, so lasse ich nicht mit mir umspringen!«

Nun tat es der Kommissarin beinahe schon wieder leid, dass sie ihre Zunge nicht im Zaum hatte halten können. Da sie selbst Hundebesitzerin war und ihre Dogge Rufus heiß und innig liebte, konnte sie die Aufregung des Mannes zumindest nachvollziehen. Trotzdem fand sie es völlig überzogen, dass er wegen der Busdurchfahrt so einen Wirbel machte. Sie sagte: »Das ist natürlich Ihr gutes Recht. Sie wohnen also im Geusenweg, sehe ich das richtig? Und wie heißen Sie eigentlich?«

»Mein Name ist Heiner Kappel. – Und ich verlange, dass Sie umgehend tätig werden. Es ist ja lebensgefährlich, wenn man auf die Straße tritt und da plötzlich ein Bus angerauscht kommt!«

Zumal man einen Bus ja auch leicht übersehen kann, dachte Mona ironisch. Aber diesmal schaffte sie es, den Satz nicht auszusprechen. Stattdessen sagte sie: »Wir werden der Sache auf den Grund gehen, Herr Kappel.«

Und bevor der Anrufer etwas erwidern konnte, legte sie auf. In diesem Moment kehrte Grietje vom WC zurück. Die uniformierte Kollegin rollte mit den Augen: »Hat Kappel wieder genervt? Da bin ich ja froh, dass meine Blase gerade im passenden Moment voll gewesen ist!«

Mona stand vom Bürostuhl der sommersprossigen Polizeimeisterin auf und machte eine einladende Bewegung: »Du kannst wieder Platz nehmen. – Also macht Kappel dir öfter die Hölle heiß?«

»Ja, er hat sich bereits mehrmals beim Chef über mich beschwert, weil ich ihm zu frech bin«, antwortete Grietje. Sie fügte hinzu: »Vorige Woche wollte er einen Mord melden. Ich bin natürlich hellhörig geworden. Bei meiner Nachfrage stellte sich allerdings heraus, dass kein Mensch zu Schaden gekommen war. Stattdessen hat irgendein Übeltäter einen von Kappels Gartenzwergen geköpft.«

»Was ja auch nicht die feine englische Art ist«, meinte Mona, wobei sie ein Grinsen unterdrücken musste. Die Polizeimeisterin nickte: »Ich habe ihn darauf hingewiesen, dass er eine Strafanzeige wegen Sachbeschädigung stellen könnte. Das hat er wohl als Verhöhnung seines Schmerzes aufgefasst, jedenfalls habe ich daraufhin einen Anpfiff von Oltbeck bekommen.«

In diesem Moment betrat Oberkommissar Enno Moll das Wachlokal. Er hatte im Dienstzimmer, das er mit Mona teilte, ein längeres Telefonat führen müssen. Die Kommissarin war schon hinausgegangen, um ihn nicht zu stören. Der rundliche Zweimetermann hatte nur die letzten Worte von Grietjes Satz mitbekommen und meinte schmunzelnd: »Eine Rüge vom Dienststellenleiter? So, wie ich dich kenne, wirst du deshalb wohl keine schlaflosen Nächte bekommen.«

Die Polizeimeisterin erwiderte augenzwinkernd: »Nee, ganz gewiss nicht. Das perlt an mir ab wie Wasser von einem Seehundfell. – Danke übrigens fürs Telefonhüten, Mona. Und nun ab mit euch, viel Erfolg bei der Jagd auf Taschendiebe!«

Die Kommissarin salutierte lächelnd, indem sie ihre rechte Hand an einen imaginären Mützenschirm legte. Im Gegensatz zu Grietje, die in Uniform war, trugen Mona und Enno während des Dienstes meist Zivilkleidung: Jeans, Sportschuhe oder Sneakers, eine Bluse oder ein Hemd mit kurzen Ärmeln. Sie wirkten auf den ersten Blick wie normale Urlauber – wobei die Insulaner natürlich wussten, dass sie es mit Zivilpolizisten zu tun hatten. Auf Borkum lebten ganzjährig nur ungefähr 5.200 Einwohner – aber es kamen Jahr für Jahr eine Viertelmillion Touristen auf das Eiland. Unter ihnen befanden sich immer wieder auch einige Langfinger, denen das Handwerk gelegt werden musste.

Mona und Enno verließen die Polizeistation in der Strandstraße. Der Oberkommissar warf seiner rotblonden Kollegin einen fragenden Blick zu: »Du wirkst so nachdenklich, was ist los?«

»Liest du wieder einmal meine Gedanken?«, scherzte sie, fügte aber ernsthaft hinzu: »Ich hatte gerade einen Anrufer in der Leitung, der sich mit einem seltsamen Anliegen meldete.«

Sie erzählte dem Oberkommissar, was Kappel ihr mitgeteilt hatte – wobei sie auch dessen Namen erwähnte.

»Kappel? Ja, das ist ein ›besorgter Bürger‹, der die Flöhe husten hört«, meinte Enno, »als du noch nicht auf Borkum gelebt hast und ich im Streifendienst war, hatte ich öfter mit ihm zu tun. Er macht gern aus einer Mücke einen Elefanten und kann einem gehörig auf die Nerven gehen.«

Die Kommissarin hob die Augenbrauen. Ihr Kollege war für sie der Inbegriff eines unerschütterlichen Inselfriesen, der sich nicht so leicht aus der Ruhe bringen ließ. Wenn Kappel es schaffte, sogar Enno auf die Nerven zu gehen, dann musste er schon ziemlich penetrant sein.

»Ja, das kam mir auch so vor«, bestätigte Mona, »trotzdem frage ich mich, aus welchem Grund der Bus in den Geusenweg abgebogen sein soll. Die nächste Station ist das Reha-Zentrum – oder der Inselbahnhof, falls der Bus aus dem Ostland zurückkehrt. Aber egal, aus welcher Richtung er kam – ein Umweg durch den Geusenweg würde keinen Sinn ergeben. Außerdem gibt es an der Hindenburgstraße überhaupt keine Sperrung. Oder sollte es mir entgangen sein?«

»Nee, da fließt der Verkehr ganz normal – und falls es einen Unfall gegeben hätte, würden wir darüber Bescheid wissen, schließlich sind wir die Polizei«, sagte der Oberkommissar. »Wir sollten herausfinden, warum der Bus seine Route geändert hat – am besten fragen wir gleich mal nach.«

Der Oberkommissar deutete auf das Gebäude der *Borkumer Kleinbahn*, von der nicht nur die Zugverbindung zum Fährhafen, sondern auch die einzige Buslinie der Insel betrieben wurde. Der Inselbahnhof befand sich in unmittelbarer Nähe zur Wache. Die Ermittler überquerten die Gleise und betraten die Schalterhalle. Vor Kurzem war ein Zug vom Fährhafen aus angekommen, daher war es in der unmittelbaren Bahnhofsnähe entsprechend voll. Es wimmelte von Urlaubern und Kurgästen, die größtenteils mit gewaltigen Rollkoffern angereist waren. Nach einer Weile konnten Mona und Enno zum Schalter vordringen.

»Moin, was kann ich für euch tun?«, fragte der Angestellte, nachdem er die Zivilpolizisten erkannt hatte.

Mona kam sofort zur Sache: »Wir möchten erfahren, warum der Bus heute durch den Geusenweg fährt.« Der Mitarbeiter schaute sie an und schien sich zu fragen, ob sie ihn auf den Arm nehmen wollte. Er zögerte so lange, bis sie ungeduldig wurde: »Das ist kein Scherz, Achim. Wir wurden deshalb angerufen und müssen die Behauptung überprüfen.«

Achim schüttelte den Kopf: »Hier ist keine Änderung der Route vorgesehen, ich nehme gleich mal Kontakt mit dem Fahrer auf.«

Er drehte sich zum Mikrofon des Funkgeräts und versuchte mehrmals hintereinander, den Bus zu erreichen.

»Was ist passiert?«, wollte die Kommissarin wissen.

»Das Gerät im Bus ist eingeschaltet, aber Karsten antwortet nicht!«, stieß Achim hervor. Seiner Stimme war die Besorgnis deutlich anzuhören.

»Karsten – ist das ein neuer Fahrer?«

»Ja, Enno. Er arbeitet erst seit einer Woche hier. Bisher gab es an ihm nichts auszusetzen, ich verstehe das nicht ...«

»Wir werden den Bus schon finden, zu übersehen ist er wohl kaum!«, versicherte Mona. Trotz ihres lockeren Spruchs machte sie sich Gedanken. Nicht nur das Schicksal des Fahrers war ungewiss, es ließ sich auch schlecht einschätzen, wie viele Passagiere an Bord gewesen waren. Manchmal fuhren die Busse der Borkumer Kleinbahn fast leer auf ihrer Route von einem Ende der Insel zum anderen. Bei manchen Gelegenheiten war es voll, wenn beispielsweise eine Schulklasse oder ein Kegelklub zustiegen. Die Ermittler verließen den Bahnhof.

»Die Taschendiebe werden heute noch etwas auf ihre Verhaftung warten müssen«, meinte Enno, während sie zur Polizeistation zurückeilten. »Ich habe ein übles Gefühl in der Magengegend, das kommt bei mir eher selten vor – merkwürdigerweise.«

Zur Bekräftigung seiner selbstironischen Worte klopfte der Oberkommissar auf seinen kugelrunden Bauch. Sie gingen auf den Hof der Wache. Mona öffnete die Fahrertür des nicht als Polizeifahrzeug gekennzeichneten Autos, das die beiden als Dienstwagen benutzten.

»Vielleicht gibt es eine ganz harmlose Erklärung für die geänderte Fahrtroute«, murmelte sie. Aber die Kommissarin glaubte selbst nicht so recht daran. Sie fuhr auf der Hindenburgstraße am Kriegerdenkmal vorbei ortsauswärts Richtung Ostland. Im Wagen war es warm, die Klimaanlage funktionierte nicht. Mona ließ das Fenster herunter und genoss die salzige Seeluft, die ihr nun ins Gesicht wehte. Wenig später kamen sie an der Bushaltestelle Campingplatz vorbei. Ein kurzes Stück weiter zweigte der Geusenweg von der Hindenburgstraße ab. Die ruhige Wohnstraße wurde von Rotziegel-Friesenhäusern gesäumt. Dazwischen befanden sich sauber geschnittene Hecken, einzelne Bäume spendeten Schatten.

Ein kleines verwunschenes Idyll, dachte Mona. Der Geusenweg kreuzte die Goedecke-Michel-Straße und endete schließlich bei den Schilfdünen. Doch so weit kam die Kommissarin gar nicht. An der Kreuzung zeigte Enno Richtung Strand: »Schau mal!«

Mona drehte den Kopf. Nun erblickte auch sie das Heck des Linienbusses, der ordentlich geparkt ein Stück weit vor ihnen am rechten Bordstein der Goedecke-Michel-Straße stand. Dieser friedliche Anblick beruhigte die Kommissarin keineswegs. Der Bus hätte eigentlich Richtung Ostland unterwegs sein sollen. Stattdessen befand er sich am Ende einer Sackgasse, denn ein kleines Stück weiter stand ein Reitstall, dahinter begannen die Norddünen. Die Ermittler stiegen aus und gingen langsam auf den Bus zu. Mona war höchst angespannt. Sie war sicher, dass es ihrem Kollegen genauso ging. Sie biss die Zähne so fest zusammen, dass ihr Kiefer zu schmerzen begann. Sie horchte auf verdächtige Geräusche – Weinen oder Schreien beispielsweise. Stattdessen hörte sie nur das Kreischen der Möwen, die am blauen Sommerhimmel über ihr flogen. Und natürlich das Wiehern der Pferde, von denen einige noch in ihren Boxen standen und andere bereits mit ihren Reitern zwischen den Dünen unterwegs waren. Mona näherte sich dem Bus von der rechten Seite, auf der es keine Tür gab. Stattdessen konnte sie dort einen Blick auf den Fahrerplatz werfen. Und was sie dort sah, gefiel ihr überhaupt nicht. Ein Mann lag mit dem Gesicht auf dem Lenkrad. Eine Wunde konnte sie von ihrer Position aus nicht erkennen. Sie begann zu rennen, umrundete den Bus. Enno stand vor der geöffneten Vordertür. Er deutete ins Innere. Für den Fahrer kam offensichtlich jede Hilfe zu spät. In seiner Brust steckte ein Messer, auf dem Boden hatte sich eine große Blutlache gebildet. Der Kopf war Richtung Bustür gedreht, aus gebrochenen Augen starrte das Opfer die Ermittler an.

Kapitel 2

»Ich informiere Dr. Siemers.«

Mit diesen Worten griff der Oberkommissar zum Smartphone. Er nahm mit dem Notarzt Kontakt auf, bevor er das Gespräch beendete und bei der Wache Verstärkung anforderte. Der Tatort musste von Polizeikollegen abgesperrt werden, außerdem wartete Arbeit auf die Kriminaltechniker, nachdem der Tod des Fahrers von einem Mediziner offiziell festgestellt worden war. Mona zog Latexhandschuhe über, die sie stets bei sich hatte. Sie betrat den Bus und schaute sich den Toten aus der Nähe an. Sein Alter schätzte sie auf ungefähr vierzig Jahre. Er war mittelblond und glattrasiert, ein unauffälliger Typ. Seine Kleidung bestand aus einer blauen Baumwollhose und einem Polohemd mit dem Emblem der *Borkumer Kleinbahn*. Tätowierungen oder andere unveränderliche Kennzeichen waren auf den ersten Blick nicht zu erkennen. Und was war mit der Waffe, die in seinen Oberkörper gerammt worden war? Bei genauerer Betrachtung stellte die Kommissarin fest, dass es sich um ein handelsübliches Küchenmesser handelte. War die Tat mehr oder weniger spontan erfolgt? Eine solche Tatwaffe fand man praktisch in jedem Haushalt, auch in den Besteckkästen von Ferienwohnungen. Mit dieser Frage wollte Mona sich später befassen. Sie überprüfte nun, ob sich noch weitere Personen im Fahrzeug befanden. Es war ja vorstellbar, dass ein Passagier sich unter seinem Sitz versteckt hatte, als er Zeuge des Mordes wurde. Aber der Bus war verwaist. Es waren auch keine Gegenstände wie Taschen oder Rucksäcke zurückgelassen worden. Einerseits fand die Kommissarin diesen Umstand erleichternd, denn es mussten keine weiteren Todesopfer beklagt werden. Andererseits hätte sie nichts dagegen gehabt, Tatzeugen befragen zu können. Hatte es solche überhaupt gegeben?

»Der Arzt ist schon unterwegs, einen Bestatter habe ich auch informiert«, sagte Enno. Mona stieg wieder aus dem Bus, um dem in Bälde eintreffenden Mediziner nicht im Weg zu stehen.

»Ich muss auch der *Borkumer Kleinbahn* Bescheid geben«, brummte ihr Kollege, bevor er das nächste Telefonat begann. Mona überlegte, wie sich die Tat abgespielt haben musste. War der Fahrer freiwillig von der üblichen Route abgewichen? Oder hatte der Täter ihn dazu gezwungen? Und falls Letzteres zutraf – waren keine anderen Personen im Bus gewesen, die Hilfe hätten holen oder telefonieren können? Gab es ein persönliches Motiv für den Mord oder wollte ein gestörter Mensch einfach nur Angst und Schrecken verbreiten? In Großstädten auf dem Festland war Gewalt in öffentlichen Verkehrsmitteln leider ein Dauerthema, davon war die friedliche Insel Borkum mit ihrer einzigen Buslinie bisher verschont geblieben. Mona hörte, wie Enno am Telefon sein Beileid bekundete und dann das Gespräch beendete.

»Oltbeck wird ausflippen, wenn er von der Bluttat erfährt«, prophezeite die Kommissarin, während sie zu ihrem Kollegen hinüber ging, »und da momentan Saure-Gurken-Zeit herrscht, wird sich vermutlich auch die Festlandpresse auf dieses Verbrechen stürzen. Ich sehe die Schlagzeile schon vor mir: *Borkumer Blut-Bus!*«

»Mal den Teufel nicht an die Wand«, meinte Enno, fügte aber auch hinzu: »Ich wünschte, dass ich dir widersprechen könnte.«

»Konntest du schon etwas über das Opfer erfahren?«, wollte sie wissen.

»Karsten war Single, er wohnte erst seit ein paar Wochen auf der Insel«, lautete die Antwort. »Ob es Familienangehörige auf dem Festland gibt, konnte man mir bei der *Borkumer Kleinbahn* nicht sagen. Er hatte ein Zimmer in der *Pension Grüne Düne* gemietet, dort sollten wir nach Hinweisen Ausschau halten.«

»Ich habe auch seine Taschen noch nicht durchforstet, weil ich erst den Arzt seine Arbeit machen lassen will«, erklärte Mona. In diesem Moment kam das Notarztauto aus Richtung Hindenburgstraße herangebraust. Wie ein Schauspieler, der auf sein Stichwort gewartet hat, stieg der junge glatzköpfige Mediziner aus. Dr. Siemers gab den Kommissaren die Hand, während Mona ihm kurz die Lage schilderte.

»Wie schade, dass wir uns immer nur bei solchen tragischen Anlässen treffen«, meinte der Notarzt, bevor er seine Instrumententasche öffnete und mit der Arbeit begann.

»Kommen Sie doch mal auf ein Bier in der *Nordsee Kajüte* vorbei, mein Mann würde sich auch freuen«, gab Mona zurück, die seit einiger Zeit mit dem Gastronom Jan Lummer verheiratet war.

»Das sollte ich wohl wirklich tun.«

Mit diesen Worten stieg Dr. Siemers in den Bus und begann mit der Untersuchung des Toten. Wenig später traf ein Streifenwagen ein. Polizeimeisterin Aiske Berend und Polizeimeister Hauke Knudsen sperrten den Bereich um den Tatort ab, nachdem Enno ihnen die Lage geschildert hatte. Obwohl die Goedeke-Michel-Straße eine ruhige Sackgasse ohne Durchgangsverkehr war, fanden sich bereits einige Schaulustige ein. Der Anblick des Linienbusses an diesem ungewöhnlichen Ort sowie die Anwesenheit von Polizei und Notarzt schien die Gaffer magisch anzuziehen. Wahrscheinlich ahnten sie, dass sich hier etwas Spektakuläres ereignet haben musste. Mona ließ ihren Blick über die Gesichter der Neugierigen schweifen. Der Gedanke, dass sich der Mörder unter ihnen befinden konnte, behagte ihr überhaupt nicht. Und doch war dies eine Möglichkeit, die zu berücksichtigen war.

»Wir müssen herausfinden, wer außer dem Täter noch an Bord gewesen ist«, raunte die Kommissarin ihrem Kollegen zu. Enno nickte, er schien in Gedanken versunken zu sein. Sie kannte diesen Gesichtsausdruck bei ihm. Wenn er so geistesabwesend wirkte, war er stark mit einer Überlegung beschäftigt.

»Kannst du dich noch erinnern, wann du Kappels Anruf entgegengenommen hast, Mona?«

»Ja, das muss gegen Viertel vor elf gewesen sein. – Warum fragst du?«

Der Oberkommissar zeigte auf den Bus: »Also kam das Fahrzeug vom Ostland zurück und fuhr Richtung Inselbahnhof und Hafen. Wenn er pünktlich war, hat er die Haltestelle Campingplatz um 10.37 Uhr angefahren. Der Gegenbus, der zum Ostland unterwegs ist, hätte erst um 10.54 Uhr diese Haltestelle erreicht.«

»Ich finde es toll, dass du den Fahrplan auswendig weißt – aber ehrlich gesagt verstehe ich nicht, was für einen Unterschied es macht, von wo der Bus kam«, sagte Mona.

»Erfahrungsgemäß sind die Busse, die vom Hafen kommen, voller als jene, die in die entgegengesetzte Richtung fahren. Wir müssen also damit rechnen, dass nur wenige Personen im Fahrzeug waren – vielleicht ist Bunge mit seinem späteren Mörder allein gewesen.«

Die Erklärung des erfahrenen Kriminalisten war einleuchtend. Die Kommissarin ärgerte sich ein wenig darüber, dass dieser Gesichtspunkt ihr nicht selbst eingefallen war. Aber ihr kam auch eine Idee: »Sagtest du nicht sinngemäß, dass Kappel das Gras wachsen hört? Wenn ihm der Anblick des öffentlichen Verkehrs-mittels schon so sauer aufgestoßen ist, wird er vielleicht auch eine genauere Beobachtung gemacht haben – beispielsweise, wie viele Personen sich im Bus befunden haben.«

»Ja, wir sollten ihn auf jeden Fall befragen«, stimmte Enno zu. Nun trat Dr. Siemers wieder zu ihnen: »Der Tod ist eindeutig durch einen Stich in die Herzgegend eingetreten, die Waffe steckt ja noch im Körper. Allzu lange kann das Opfer noch nicht tot sein, vermutlich ist der Mann während der vergangenen sechzig Minuten verstorben. – Viel genauer werden die Kollegen in Oldenburg den Zeitpunkt auch nicht eingrenzen können.«

Dennoch musste Bunge vorschriftsmäßig im gerichtsmedizinischen Institut auf dem Festland obduziert werden, was auf der Insel nicht möglich war. Dr. Siemers verabschiedete sich, nachdem er den Totenschein ausgestellt hatte. Mona begann nun damit, die Taschen des Ermordeten zu durchsuchen. Sie fand ein Smartphone, eine Geldbörse, den Personalausweis sowie die Krankenkassenkarte sowie den Schlüssel zu seinem Pensionszimmer. Das Portemonnaie enthielt 230 Euro, was nicht für einen Raubmord sprach. Die Kommissarin entsperrte das Telefon, indem sie den Fingerabdrucksensor gegen Bunges rechten Zeigefinger drückte. Das war der Finger, den die meisten Handybesitzer für die Sicherung ihres Geräts verwendeten. Auch in diesem Fall hatte sie Erfolg damit. Die Kommissarin ging zunächst die Telefonkontakte durch. Es gab nur wenige Vornamen, außerdem die Nummer der Borkumer Kleinbahn. Neben einem Eintrag stand das Wort *Mama*. Mona konnte förmlich spüren, wie ihre Kehle austrocknete. Sie fand es immer belastend, Angehörige über den Tod eines geliebten Menschen informieren zu müssen. Aber auch dies gehörte zur Polizeiarbeit. Sie rief die Nummer mit ihrem eigenen Telefon an. Während das Freizeichen ertönte, verließ die Kommissarin den Bus und ging ein paar Schritte Richtung Pferdeweide. Der Geruch des feuchten Grases nach dem nächtlichen Regen und der Anblick von einigen Reitern, die Richtung Strand unterwegs waren, beruhigte sie etwas. Aus der Entfernung sah sie, wie die Kriminaltechniker eintrafen. Der Leichnam war soeben von einem Bestatter abgeholt worden. Am Tatort gab es jetzt nichts, was die Kommissare noch tun konnten. Das Freizeichen erklang immer noch. Mona wollte schon auflegen, aber nun meldete sich die Stimme einer älteren Frau.

»Ja, wer spricht da?«

»Moin, ich bin Kommissarin Sander von der Polizei Borkum. – Sind Sie Karsten Bunges Mutter?«

Es entstand eine kleine Pause.

»Ja, ich bin Brigitte Bunge. – Ist meinem Jungen etwas zugestoßen, Frau Sander?«

Die Mutter hörte sich so an, als ob sie schon mit einer Hiobsbotschaft gerechnet hätte. Mona atmete tief durch: »Leider muss ich Ihnen mitteilen, dass Ihr Sohn nicht mehr lebt. Wir müssen von einem Gewaltverbrechen ausgehen. Ich spreche Ihnen mein aufrichtiges Beileid aus.«

Brigitte Bunge begann leise zu weinen. Die Kommissarin fühlte, wie ihr Kreislauf verrückt zu spielen begann. Sie hätte diese Frau gern in den Arm genommen, um sie zu trösten. Mona konnte nichts für die Mutter tun – außer, den Mörder seiner gerechten Strafe zuzuführen.

»Wie ist das … geschehen?«, fragte Brigitta Bunge stockend und mit brüchiger Stimme.

»Ich hatte gehofft, von Ihnen genauere Informationen bekommen zu können«, antwortete die Kommissarin. »Er wohnte ja erst seit Kurzem auf Borkum. Wissen Sie, aus welchem Grund er hierher gezogen ist?«

»Mein Sohn wollte ein neues Leben anfangen, das waren seine exakten Worte. Ich habe nicht nachgebohrt, sondern mich einfach nur für ihn gefreut. Mein verstorbener Mann und ich sind öfter als Urlauber auf Ihrer schönen Insel gewesen. Damals war Karsten noch ein Kind. Vielleicht hat er sich einfach an diese Zeit erinnert ...«

Sie begann erneut zu schluchzen. Mona erkannte, dass sie der Mutter zunächst Zeit geben musste, um den Schock zu überwinden. Momentan konnte sie von Brigitte Bunge keine brauchbaren Auskünfte bekommen.

»Ich habe ja jetzt Ihre Telefonnummer«, sagte die Kommissarin. »Ich melde mich später noch einmal bei Ihnen. Und Sie können mich jederzeit über die Polizeistation Borkum erreichen, wenn Sie Fragen haben oder einfach nur reden wollen.«

»Vielen Dank, Sie sind sehr freundlich.«

Die Mutter sprach so leise, dass sie kaum noch zu verstehen war. Gleich darauf beendete sie das Telefonat. Mona steckte ihr Smartphone wieder ein und kehrte zu Enno zurück. Ihr stand der

Schweiß auf der Stirn, als ob sie gerade einen Halbmarathon hinter sich gebracht hätte.

»Du bist totenbleich«, sagte ihr Kollege. Er musterte sie besorgt. Sie schüttelte den Kopf: »Es geht schon wieder, Bunges Mutter tut mir einfach leid. – Lass uns jetzt mit Kappel sprechen, dann werden meine Wangen garantiert wieder rosig.«

Die Kommissarin nahm sich vor, ihr Temperament im Zaum zu halten. Letztlich hatte Kappel durch seinen Anruf wegen einer scheinbaren Nichtigkeit immerhin dazu beigetragen, die Ermittlungen möglichst zeitnah aufnehmen zu können. Enno wusste natürlich, in welchem Haus der Zeuge wohnte. Kappel besaß ein altes kleines Friesenhaus, das mit seinen an der Wand hochwachsenden Heckenrosen und dem Strohherz an der Eingangstür Behaglichkeit ausstrahlte. Der hagere Mann in Latzhose und Karohemd wirkte hingegen abweisend. Er hatte die Arme vor der Brust verschränkt und funkelte die Ermittler durch die dicken Gläser seiner Hornbrille wütend an: »Endlich unternehmen Sie mal etwas! Das wurde aber auch allerhöchste Zeit!«

»Ich wünsche Ihnen auch einen schönen Tag, Herr Kappel«, sagte der Oberkommissar freundlich. Damit erntete er nur ein Kopfschütteln: »Auf die schleimige Tour müssen Sie es bei mir gar nicht erst versuchen, Herr Moll! Ich habe ein Recht darauf, dass meine Beschwerden ernst genommen werden – wozu zahle ich eigentlich Steuern?«

Bevor Enno etwas entgegnen konnte, öffnete Mona den Mund – und stoppte sich im nächsten Moment selbst. Was wollte sie erreichen? Ihrer Wut freien Lauf lassen und es sich mit dem Meckerfritzen endgültig verderben? Oder so viele Informationen wie möglich aus ihm herauskitzeln? Sie kämpfte mit sich – und gewann, jedenfalls vorerst. Mona setzte ihr süßestes Lächeln auf: »Sie sind also Herr Kappel? Ich bin Kommissarin Sander, aber Sie können mich auch gern Mona nennen. Ich möchte mich aufrichtig bei Ihnen entschuldigen, wir beide hatten heute einen schlechten Start, nicht wahr?«

Mit diesen Worten trat sie auf Kappel zu und legte ihre rechte Hand sanft auf seinen Unterarm. Ihm blieb vor Verblüffung der Mund halb offen stehen. Und Mona war sicher, dass auch Enno in diesem Moment nicht wusste, was mit seiner Kollegin los war. Er hatte in der Vergangenheit oft genug miterleben müssen, wie sie zur Furie wurde. Sie legte den Kopf etwas schief und klimperte mit den Wimpern:»Können Sie mir verzeihen, Herr Kappel?«

Sie schaute zu ihm auf, was für Mona der Normalfall war – sie maß nur eins dreiundsechzig und trug fast nie hohe Absätze, jedenfalls nicht während der Arbeit. Kappel räusperte sich:»Na ja, Sie sind noch jung, da können mit einem schon mal die Pferde durchgehen, das verstehe ich doch.«

»Vielen Dank«, erwiderte die Kommissarin strahlend, wobei sie den Unterarm zwar losließ, aber sehr nahe vor dem Mann stehen blieb. Zurückweichen konnte er nicht, hinter ihm befand sich die Mauer seines Hauses. Aber es schien ohnehin nicht so, als ob ihm die körperliche Nähe einer jungen Frau unangenehm wäre. Nun beugte Mona sich zu Wotan hinab, der neben seinem Herrchen saß und die beiden Menschen aufmerksam beobachtete. Die Kommissarin streichelte den Hund, was er sich wohlig brummend gefallen ließ. Spätestens in diesem Moment war sie sicher, Kappel für sich eingenommen zu haben. Mona senkte ihre Stimme und neigte ihren Kopf zu ihm hin:»Es hat an der Goedeke-Michel-Straße einen grässlichen Mord gegeben – und Sie sind unser wichtigster Zeuge!«

»Ich?!«, stammelte Kappel. Es ließ sich schwer einschätzen, was ihn mehr verwirrte: Mona selbst – oder ihre Worte. Er fügte hinzu:»Ich war gar nicht dort, jedenfalls heute noch nicht! Und ich habe nichts gesehen!«

Mona flötete:»Sie konnten die Bluttat nicht beobachten, aber Sie haben uns den Tatort gemeldet – nämlich den Linienbus. Und dafür sind wir Ihnen unendlich dankbar. – Deshalb ist es so wichtig, dass Sie sich bitte an weitere Einzelheiten erinnern. Als der Bus an Ihrem Haus vorbeifuhr – wie viele Personen befanden sich im Inneren?«

Kappels offen zur Schau gestellter Widerwillen war schlagartig verschwunden. Er schien angestrengt nachzudenken. Und gleichzeitig versuchte er, die Kommissarin nicht allzu eindeutig anzustarren:»Also … der Fahrer war an Bord, das ist ja logisch. Außer ihm waren noch zwei oder drei Passagiere im Bus, bei der Zahl möchte ich mich nicht festlegen.«

»Frauen oder Männer?«, wollte Mona wissen.

»Das weiß ich nicht, es ging so schnell. Und an den Frisuren kann man das heutzutage ja auch nicht eindeutig erkennen. Ich weiß nur, dass eine Person so eine rote Schirmmütze getragen hat.«

»Sind Ihnen Bärte oder Brillen aufgefallen?«

»Nein, solche Details konnte ich mir nicht einprägen – was ich bedaure, Frau Sander.«

Kappel war jetzt richtig nett – so, als ob ein freundlicher Zwilling gegen seinen miesepetrigen Bruder ausgetauscht worden wäre. Und auch Mona musste sich eingestehen, dass sie ihn in diesem Moment ganz erträglich fand. Sie sagte: »Das waren auf jeden Fall sehr brauchbare Angaben. Könnten Sie bitte heute oder morgen zur Wache kommen, damit wir die Aussage schriftlich niederlegen können?«

»Machen *Sie* das dann, Frau Sander?«

»Wenn Sie es wünschen, kann ich das Protokoll schreiben«, versicherte sie. Kappel lächelte nun zum ersten Mal: »Wenn das so ist – werde ich umgehend erscheinen, ich muss schließlich meine Staatsbürgerpflicht erfüllen!«

»Rufen Sie bitte vorher an, damit ich nicht dann gerade unterwegs bin und Sie sich vergeblich zur Strandstraße bemühen müssen.«

Mit diesen Worten überreichte die Kommissarin ihm eine ihrer Visitenkarten. Dann schenkte sie ihm einen letzten Blick und wandte sich zusammen mit Enno zum Gehen. Als die Ermittler außer Hörweite waren, sagte der Oberkommissar: »Wir kennen uns nun schon einige Jahre, aber du erstaunst mich immer wieder.«

»Ich bin selbst überrascht, wie gut ich gerade das liebe Frauchen spielen konnte. Mir ist das fast schon unheimlich. – Jedenfalls wird Kappel mit dem größten Vergnügen auf der Wache erscheinen.«

»Eben gerade hätte ich wetten können, dass du ihm zum Abschied ein Küsschen geben würdest.«

»Wir wollen es mal nicht übertreiben«, erwiderte sie lachend.

Kapitel 3

Eine Nahbereichsfahndung wäre sinnlos gewesen – noch stand nicht fest, ob es sich bei den Personen im Bus um Frauen und/oder Männer handelte. Und rote Kappen gab es auf einer Ferieninsel zuhauf.

»Lass uns ins Ostland fahren«, schlug Enno vor. Er schob eine Erklärung gleich hinterher: »Natürlich wissen wir nicht, wo die Personen eingestiegen sind. Aber an der Endstation Ostland ist die Wahrscheinlichkeit groß, dass es Zeugen gibt – jedenfalls eher als bei den anderen Bushaltestellen zwischen dem Ostland und dem Campingplatz.«

Mona musste ihrem Kollegen recht geben. Die Haltestelle Ostland war in unmittelbarer Nähe des gleichnamigen Cafés und Restaurants gelegen, von dessen Terrasse man einen guten Blick auch auf den Buskreisel an der End- beziehungsweise Anfangsstation hatte. Wobei die meisten Gäste wahrscheinlich eher auf die beeindruckende Dünenlandschaft schauten. Aber einen Versuch war es wert. Die Ermittler fuhren zum Ostland, das von der Goedeke-Michel-Straße aus mit dem Auto innerhalb von zehn Minuten zu erreichen war. Während der Fahrt sprachen sie natürlich weiter über den Fall.

»Haben wir es mit einer spontanen Gewalttat oder mit einem geplanten Verbrechen zu tun?«, dachte Enno laut nach. »Noch können wir nichts ausschließen. Auch nicht, dass der Mörder von den anderen Passagieren gedeckt wird – entweder aus Angst oder weil sie mit ihm unter einer Decke stecken.«

»Es gibt sogar noch eine dritte Variante«, ergänzte seine Kollegin. »Ein unabhängiger Zeuge könnte die Tat sogar gefilmt haben. Wenn ich daran denke, wie intensiv viele Leute heutzutage an ihrem Smartphone herumfummeln, ist das nicht unwahrscheinlich. Er könnte dann auf die Schnapsidee kommen, den Mörder erpressen zu wollen – was ja bekanntlich selten gut ausgeht. – Als ich mit der Mutter des Opfers gesprochen habe, kam es mir so vor, als ob sie eine schlechte Nachricht bereits erwartet hätte. Oltbeck würde solche subjektiven Eindrücke natürlich sofort ins Lächerliche ziehen.«

»Der Chef ist aber nicht hier«, meinte Enno lächelnd, »und ich nehme dein ›Bauchgefühl‹ durchaus ernst.«

»Ich weiß, das mag ich ja so an dir.«

Sie unterstrich ihre Worte, indem sie ihn spielerisch in die Wange kniff.

»Du bist ja heute besonders verschmust, Mona.«

»Manchmal muss das eben sein, unser Job ist hart genug. – Und erzähl mir nicht, dass meine Berührungen dir nicht gefallen!«

»Das würde ich nie behaupten.«

Wenig später erreichten sie ihr Fahrtziel. Das *Café und Restaurant Ostland* – auch als »das letzte Lokal vor Juist« bezeichnet – war in einem traditionellen Gulfhof untergebracht, wie man ihn überall in Ostfriesland zu sehen bekam. Mona mochte die rustikale Einrichtung im Inneren, aber bei ihrem jetzigen Besuch beschränkten sich die Ermittler auf die Befragung des Personals im Außenbereich. Sie hatten Glück, die beiden Serviererinnen waren bereits bei der Arbeit gewesen, als der in Frage kommende Bus die Station angefahren hatte.

»Da ist ein Pärchen zugestiegen, sie in Jeansshorts, er mit heller Baumwollhose.«

Auf diese Angaben konnten sich die zwei Kellnerinnen einigen, bei der Haarfarbe waren sie sich uneins und schwankten zwischen dunkelblond und hellbraun. Leider hatten sie das Pärchen nur von hinten gesehen. Die Zeuginnen konnten nicht mit Sicherheit sagen, ob die zwei Passagiere zusammengehörten oder nicht vielleicht nur zufällig denselben Bus genommen hatten. Die Kommissare bedankten sich. Sie befragten auch die Gäste, von denen viele mit Leihrädern gekommen waren. Das Ostland war ein beliebtes Ausflugsziel für Urlauber, die längere Wanderungen oder Radtouren machten. Borkum verfügte über ausgedehnte Naturschutzgebiete, die von zahlreichen Pfaden und Wegen durchzogen waren. Das *Café und Restaurant Ostland* sowie das benachbarte *Hofcafé Bauernstuben* dienten als beliebte Rastplätze bei einer ausgedehnten Inseltour. Auch von der Terrasse dieses Gastronomiebetriebs aus konnte man die Haltestelle im Blickfeld behalten. Die Bedienung in den *Bauernstuben* erinnerte sich an ein wichtiges Detail: »Ein Mann mit rotem Basecap ist in den Bus gestiegen.«

Diese Beobachtung deckte sich mit Kappels Angaben. Leider konnte auch diese Kellnerin sich nicht darauf festlegen, ob der Mann und die Frau an der Endhaltestelle ein Paar waren. Die Gäste in den beiden Lokalen hatten nicht darauf geachtet, wer an der Bushaltestelle stand.

»Wenn Bunge schon seit einigen Tagen vormittags diese Strecke fuhr, kann das Pärchen ihm aufgelauert haben«, dachte die Kommissarin laut nach. Sie ging mit ihrem Kollegen zum Auto zurück und stieg ein.

»Ja – falls sie es speziell auf ihn abgesehen hatten«, gab Enno zu bedenken, »es ist auch vorstellbar, dass sie den Bus aus bisher unbekannten Gründen von der normalen Route abbringen wollten und Bunges Tod gar nicht geplant war. Er hat vielleicht versucht, Widerstand zu leisten, woraufhin die Lage eskaliert ist. Kampfspuren waren allerdings auf den ersten Blick im Bus nicht zu erkennen. Vielleicht können die Kriminaltechniker ja Fremd-DNA unter seinen Fingernägeln nachweisen.«

Mona schüttelte den Kopf: »Es kommt mir nicht sehr clever vor, ausgerechnet auf einer Insel einen Linienbus zu entführen. Der oder die Täter können sich doch an allen fünf Fingern ausrechnen, dass der Verlust des Fahrzeugs im Handumdrehen auffällt – auch ohne einen aufmerksamen Bürger wie Kappel, der gleich bei der Polizei Alarm schlägt.«

Die Ermittler fuhren Richtung Ortsmitte zurück, wobei sie auch die weiteren Haltestellen zwischen dem Ostland und dem Campingplatz abklapperten. Aber es schien sinnlos, dort nach Zeugen Ausschau halten zu wollen. An der Busstation Olde Dünen/FKK-Strand gab es keine Gastronomie oder Wohnbebauung in unmittelbarer Nähe, wo man auf Zeugen hätte hoffen können. Am Flugplatz sah es schon besser aus. Nicht nur von dort, sondern auch vom benachbarten *Dünenhotel* aus hatte man die Straße und die Haltestelle im Blickfeld. Zum Beherbergungsbetrieb gehörte ein kleiner Spielplatz, auf dem sich einige Kinder vergnügten. Eine junge Frau hatte es sich auf einer Bank bequem gemacht. Sie trug gestreifte Shorts, ein bauchfreies weißes Top sowie eine Sonnenbrille und einen Strohhut. Neben ihr stand eine Umhängetasche. Sie hatte in einem dicken Buch gelesen. Als die Ermittler aus dem Wagen gestiegen waren und auf sie zu kamen, ließ sie ihre Lektüre sinken und lächelte.

»Moin!«, grüßte die Kommissarin, während sie ihren Dienstausweis zeigte. Außerdem stellte sie ihren Kollegen und sich mit Namen und Dienstrang vor. Dann fragte sie: »Sitzen Sie schon länger hier?«

»Seit dem Frühstück«, lautete die Antwort. »Wir wohnen im *Dünenhotel*, und der Bewegungsdrang meiner beiden Rangen ist

21

grenzenlos. Später wollen wir noch zum Strand, aber vorerst werde ich die Kinder wohl nicht von den Spielgeräten wegbekommen.«

Enno deutete auf die Bushaltestelle: »Haben Sie mitbekommen, ob dort jemand in den Bus gestiegen ist?«

Die Frau nahm ihre Sonnenbrille ab, sie schaute dem Oberkommissar direkt in die Augen und nickte: »Nicht nur das, Herr Moll. Mir ist sogar noch mehr aufgefallen … aber ich würde gern erfahren, worum es hier überhaupt geht.«

Darauf wette ich, dachte Mona. Sie gab viel auf den ersten Eindruck, den sie von einer Person gewann. Und diese junge Mutter mit den kurzen dunklen Haaren wirkte, als sei sie höchst aufmerksam – eine Frau, die sich für viele Dinge interessiert und ihre Umwelt sehr bewusst wahrnahm – obwohl sie eben noch in ihre Lektüre vertieft gewesen war. Die Kommissarin blickte auf den Roman, der nun mit dem Buchrücken nach oben auf der Bank lag. Es handelte sich um einen Krimi, der, dem Titel nach zu urteilen, ziemlich blutrünstig zu sein schien. *Londoner Leichenbankett.* Die Kommissarin hatte selbst mal ein Buch des Autors geschenkt bekommen und mit dem Lesen angefangen. Aber da seine Hauptfigur ein eitler Privatermittler war und die Polizisten in dem Roman ausnahmslos als hirnlose Trottel dargestellt wurden, war der Schmöker schnell im Altpapier gelandet.

»Beantworten Sie bitte einfach die Frage meines Kollegen«, stieß die Kommissarin ungeduldig hervor, »und Ihren Namen benötigen wir auch noch.«

Sie war schroffer, als sie es ursprünglich vorgehabt hatte. Eigentlich fand sie die Zeugin nämlich auf Anhieb sympathisch. Es machte Mona einfach unruhig, dass ein Mörder auf Borkum frei herumlief. Das war schon öfter vorgekommen, aber dieser Fall erschien ihr ziemlich außergewöhnlich. Der Täter war kaltblütig genug gewesen, bei Tageslicht und am Rand eines Wohngebiets in einem Linienbus einen Menschen zu erstechen. Es gab wohl kaum einen Tatort, der auffälliger wäre. Daher hielt die Kommissarin ihn für ganz besonders skrupellos. Aus diesem Grund drückte sie aufs Tempo, während die junge Mutter alle Zeit der Welt zu haben schien. Sie machte jedenfalls einen sehr gelassenen Eindruck. Die Kinder spielten im Hintergrund Fangen auf dem Klettergerüst. Das Mädchen war schätzungsweise sieben oder acht Jahre alt, der Junge etwas jünger. Sie waren so stark miteinander beschäftigt, dass sie von der

Anwesenheit der Ermittler gar keine Notiz nahmen. Mona ertappte sich dabei, dass sie immer wieder zu den Kindern schaute. Seit sie mit Jan verheiratet war, hatte sie öfter an Nachwuchs gedacht – ohne mit ihrem Mann darüber zu sprechen. War es nicht seltsam, dass dieses Thema bei ihnen nie aufkam? Warum eigentlich nicht? Gewiss, Mona hätte Jan selbst fragen können, ob er Vater werden wollte. Aber das tat sie nicht – wahrscheinlich, weil sie sich vor der Antwort fürchtete. Diese Gedanken schwirrten durch ihren Kopf, aber nun konzentrierte Mona sich wieder auf die Zeugin.

»Ich heiße Ella Zäuner«, teilte die junge Frau den Kommissaren mit, und ich will Ihnen sagen, was mich stutzig gemacht hat. Da stand vorhin ein Mann an dem Busstopp. Als der Bus kam und hielt, ist er nicht eingestiegen. Ich dachte mir erst nichts dabei – zunächst ging ich davon aus, dass er sich auf die falsche Straßenseite gestellt hatte, also nicht zum Ortskern, sondern zum Ostland wollte. Verstehen Sie?«

Mona horchte auf: »Und wie ging es dann weiter?«

Die Zeugin antwortete: »Mein Bauchgefühl sagte mir, dass mit dem Kerl etwas nicht stimmte. Nachdem der Bus weitergefahren war, blieb er an der Haltestelle stehen. Ich befürchtete, dass er es auf die Kinder abgesehen haben könnte – oder auf mich. Also machte ich heimlich ein Foto von ihm, für alle Fälle – damit man ihn identifizieren kann!«

Mona runzelte die Stirn: »Ihnen ist bekannt, dass man Menschen nicht ohne ihr Einverständnis ablichten darf?«

Die junge Mutter lächelte gönnerhaft: »Ja, Frau Sander. Ich halte mich normalerweise an Recht und Gesetz, das müssen Sie mir glauben. Aber dieser Typ kam mir so verdächtig vor, dass es mir in diesem Ausnahmefall gerechtfertigt erschien. – Jedenfalls ist er dann in den nächsten Bus gestiegen, der zum Inselbahnhof und zum Hafen fuhr.«

Nun begriff Mona, was diese Beobachtung zu bedeuten hatte: In dem ersten Bus, den der Unbekannte *nicht* bestieg, hatte eine andere Person auf dem Fahrersitz gesessen. Also musste der Mann an der Haltestelle gezielt auf Bunge gewartet haben! Für die Ermittlungen war es ein Glücksfall, dass Ella Zäuner eine Aufnahme gemacht hatte. Deshalb beschloss die Kommissarin, ein Auge zuzudrücken.

»Könnten Sie mir das Foto dieses Fremden schicken?«, bat Mona. Sie zog ihr Smartphone aus der Tasche und nannte ihre Nummer.

Ella Zäuner holte ihr eigenes Telefon hervor und ließ der Kommissarin die Aufnahme als Bilddatei zukommen. Mona holte sich das Foto gleich auf ihr Handydisplay. Es war nicht besonders scharf, weil es aus großer Entfernung aufgenommen worden war. Die Haltestelle Richtung Inselbahnhof befand sich vom Spielplatz aus gesehen auf der gegenüberliegenden Straßenseite. Ella Zäuner hatte die Aufnahme gezoomt, so weit es ging. Der dunkelhaarige Mann auf dem Foto trug ein buntes Hemd mit kurzen Ärmeln sowie Bluejeans. Eine Tasche oder einen Rucksack schien er nicht dabeizuhaben. Die Figur konnte man als schlank, vielleicht sogar athletisch bezeichnen. Das Alter des Verdächtigen bezifferte Mona auf ungefähr vierzig.

Falls er der Mörder ist – wo könnte das Messer versteckt sein? Mona beantwortete ihre Frage gleich selbst: Da er das Hemd über der Hose trug, hatte er die Stichwaffe wahrscheinlich in der Hose verborgen. Die Kommissarin und ihr Kollege trugen ihre Pistolen ja in einem Clipholster, das am Gürtel befestigt war. Und auch ihre Waffen waren auf den ersten Blick nicht sichtbar, weil sie vom Hemd beziehungsweise von der Bluse verdeckt wurden.

»Hat der Mann irgendetwas gemacht, das ihn verdächtig erscheinen ließ?«, wollte die Kommissarin von der Zeugin wissen. Ihr selbst ging es manchmal auch so, dass eine Person ihr zwielichtig vorkam – ohne dass sie es näher hätte begründen können. Dennoch schadete es nicht, einmal nachzuhaken.

»Der Kerl lief unruhig hin und her, er telefonierte immer wieder mit seinem Handy. Ich hatte ein mulmiges Gefühl in der Magengegend, machte mir Sorgen um die Kinder ...«, antwortete Ella Zäuner. Wie auf Stichwort begann in diesem Moment der kleine Junge zu plärren. Das Mädchen schwang ein Plastikschäufelchen, mit dem sie ihm offenbar gerade eine Kopfnuss verpasst hatte. Ella Zäuner stand auf: »Ich fürchte, dass ich jetzt erst einmal Frieden stiften muss. Falls Sie keine weiteren Fragen haben ...«

»Wir wissen ja, wo wir Sie antreffen. – Wie lange werden Sie noch auf Borkum sein?«

»Fünf Tage, Frau Sander.«

Die Kommissarin notierte sich jedenfalls die Mobilnummer der Zeugin und gab ihr eine Visitenkarte: »Falls Ihnen noch etwas einfällt oder Sie den Mann erneut irgendwo sehen, können Sie mich jederzeit anrufen.«

»Das werde ich tun«, versicherte Ella Zäuner, bevor sie sich nun endgültig den streitenden Kindern widmete. Die Ermittler gingen zum *Dünenhotel* hinüber, wo sie das Personal und einige anwesende Gäste befragten. Aber sie fanden keine weiteren Zeugen, die Angaben zum Linienbus hätten machen können. Auch beim Flugplatz hatten sie kein Glück.

»Eine Aussage ist besser als gar keine«, meinte Enno mit seiner üblichen Zuversicht, als die beiden zum Auto zurückkehrten, »und das Foto des Verdächtigen ist zwar eher unscharf, aber durchaus brauchbar. Das farbenfrohe Hemd trägt jedenfalls nicht zu seiner Unauffälligkeit bei.«

»Das stimmt – obwohl ich befürchte, dass bei dem Mord etliche Blutspritzer auf seiner Kleidung gelandet sein könnten«, gab Mona zu bedenken. Sie fügte hinzu: »Also wird er zumindest das Hemd schon entsorgt haben, wenn er nicht völlig behämmert ist.«

»Lass uns weiterfahren«, schlug der Oberkommissar vor. Sie folgten auf der Ostfriesenstraße der Buslinie und schauten sich die Haltestellen an den Bantjedünen und am Barbaraweg an. Auch dort fanden sie keine weiteren Personen, die eine Beobachtung beisteuern konnten.

»Wenn Kappel keine Tomaten auf den Augen hatte, dann befanden sich drei Passagiere im Bus«, dachte Mona laut nach, »wobei der Mann und die Frau schon an der Endhaltestelle eingestiegen sind und der verdächtig wirkende Kerl erst am Flugplatz. Hat also dieses Trio gemeinsame Sache gemacht? Oder ist es dem Mörder gelungen, die zwei weiteren Anwesenden in seine Gewalt zu bringen? Und wenn ja – wohin ist er mit ihnen verschwunden?«

Enno hatte auf dem Beifahrersitz des Dienstwagens Platz genommen. Wenn er die Hände über seinem Bauch faltete, wirkte er wie die ostfriesische Version einer Buddhastatue. Träumerisch ließ er seinen Blick über die flache Landschaft links und rechts des Barbaraweges schweifen. Hier gab es Pferdeweiden mit ihren vierbeinigen Bewohnern, aber auch halbwegs versteckt gelegene Bunkerreste – Erinnerungsstücke an düstere Zeiten, als die Insel noch »Seefestung Borkum« gewesen war.

»Es kommt mir sehr unwahrscheinlich vor, dass der Täter zwei Personen unter Kontrolle behalten konnte«, meinte er, »und die Mordwaffe ist ja im Körper des Opfers verblieben. Hatte er also noch weitere Messer oder Ähnliches bei sich? Sicher – wer abgebrüht genug ist, bei Tageslicht eine solche Bluttat zu begehen, dem muss man auch die Entführung der übrigen zwei Passagiere zutrauen. Allerdings gibt es auch noch eine weitere Variante – eine Person ist zwischen dem Flugplatz und dem Campingplatz ausgestiegen. Kappel wollte sich ja bewusst nicht festlegen, ob er außer dem Fahrer zwei oder drei Menschen im Bus bemerkt hat.«

»Ja, da muss ich dir recht geben«, erwiderte seine Kollegin, »ich hoffe auf Hinweise in Bunges Zimmer. Laut seiner Mutter wollte er auf Borkum ein neues Leben beginnen. Dafür kann es die unterschiedlichsten Gründe geben – und einer davon könnte lauten: Er wollte sich einer drohenden Gefahr entziehen.«

Kapitel 4

Der teilweise von altem Baumbestand gesäumte Wiesenweg war eine Verbindungsstraße zwischen der viel befahrene Reedestraße und der Süderstraße. Die *Pension Grüne Düne* war in einer traditionellen Borkumer Stadtvilla untergebracht. Das über 100 Jahre alte Gebäude bestand aus roten Backsteinen. Der Wintergarten verfügte über große weiß gestrichene Fenster zur Straße hin. Geführt wurde der Beherbergungsbetrieb von Svenja Oltmanns. Nachdem Mona geparkt hatte, traten die Ermittler ein. Aus dem Frühstücksraum, der sich im Wintergarten befand, drang Stimmengewirr und fröhliches Lachen. Es roch nach gebratenen Eiern und frisch gebrühtem Kaffee. Einige Nachzügler saßen offenbar noch bei der ersten Mahlzeit des Tages, obwohl die Frühstückszeit in den meisten Pensionen um 10 oder 11 Uhr endete. Die Inhaberin erschien auf der Bildfläche, weil sie das Läuten der Türglocke am Eingang gehört hatte. Sie setzte eine besorgte Miene auf, als sie die Zivilpolizisten erkannte. Sie warf einen schnellen Blick Richtung Frühstücksraum und sprach mit gedämpfter Stimme: »Moin, ihr beiden! Wenn ihr bei mir erscheint und so ernste Gesichter macht, dann habt ihr bestimmt keine gute Nachricht für mich, oder?«

Svenja Oltmanns war eine Frau um die fünfzig, deren kräftiges schwarzes Haar von silbrigen Strähnen durchzogen wurde, Sie trug eine randlose Brille und zog meist selbst geschneiderte Kleider an, die weit geschnitten waren. Die Ermittler waren mit ihr schon lange per Du. Mona und Enno schauten bei den Hotels und Pensionen regelmäßig nach dem Rechten, um die Betreiber vor den neuesten Finten von Trickdieben oder Zechprellern zu warnen. Mona hatte Bunges Zimmerschlüssel in einen Beweismittelbeutel getan, den sie nun hochhielt: »Leider ist deine Befürchtung berechtigt, Svenja. Dein Gast Karsten Bunge wurde ermordet. Wir müssen uns in seinem Zimmer umschauen. – Und später müssten wir auch dich noch befragen.«

Die Pensionswirtin rang nach Luft und erbleichte. Für die meisten Menschen war es ein Schock, wenn jemand in ihrer unmittelbaren Umgebung durch eine Gewalttat aus dem Leben gerissen wurde. Ob Bunge für Svenja Oltmanns mehr gewesen war als nur ein neuer

Dauergast in ihrer Pension? Sie war jedenfalls Single, soweit es Mona bekannt war.

»Das ist ja schrecklich! Habt ihr schon eine Spur?«

»Wir ermitteln in alle Richtungen«, versicherte Enno. Obwohl es sich bei diesen Worten um einen nichtssagenden Allgemeinplatz handelte, schien der Satz Svenja Oltmanns ein wenig zu beruhigen. *Der Ton macht die Musik,* dachte die Kommissarin. Ihr Kollege verstand es oft, allein durch seine Ausstrahlung und den Klang seiner Stimme Ruhe und Harmonie zu verbreiten. Es hatte schon seine Gründe, dass sie sich in seiner Nähe so wohl fühlte.

»Ist das Zimmer im ersten Stockwerk?«, fragte Mona. Die Wirtin antwortete, indem sie nickte. Die Ermittlerin stieg die steilen und knarrenden Stufen hoch. Der Korridor im Obergeschoss war mit einem Kokosläufer ausgelegt, an den Wänden hingen Lithografien, auf denen Szenen aus dem Walfang dargestellt wurden, der Borkum in früheren Jahrhunderten reich gemacht hatte. Doch viele Besatzungsmitglieder dieser Schiffe waren nicht heimgekommen, sondern im Polarmeer ertrunken – die verharmlosende Umschreibung für diesen elenden Tod lautete: »auf See geblieben«. Bunge hatte Zimmer 5, das zweite auf der linken Seite. Die Kommissarin wollte aufschließen – und wurde sofort stutzig. Es war offenbar gar nicht abgeschlossen worden. Mona zog den Schlüssel heraus, machte die Tür zu, drückte die Klinke herunter – und hätte hineingehen können, ohne aufschließen zu müssen.

»Kommst du zurecht?«, fragte Enno, der ihr inzwischen gefolgt war. Er atmete schwer. Angesichts seines Übergewichts und seines Alters fiel ihm das Treppensteigen nicht so leicht wie seiner über zwanzig Jahre jüngeren Kollegin.

»Ich kann eine Tür aufschließen, stell dir nur vor!«, erwiderte sie scherzend, wurde aber gleich wieder ernst. Sie berichtete ihm, was sie gerade herausgefunden hatte, und fügte hinzu: »Wenn die Tür ins Schloss gefallen ist, kannst du trotzdem von außen hineingehen, ohne aufschließen zu müssen. Es sei denn, jemand hätte abgeschlossen, als er den Raum verlassen hat.«

»Und das ist durch Bunge nicht geschehen«, vermutete Enno, »oder – die andere Möglichkeit – jemand hat in seiner Abwesenheit das Zimmer betreten und es danach nicht wieder verschlossen.«

»Einen Nachschlüssel benötigt man dafür jedenfalls nicht«, behauptete die Kommissarin, »ich würde mir zutrauen, die Tür mithilfe von einem Stück Draht innerhalb von fünf Minuten aufzubekommen!«

»Wenn das so ist, dann bin ich ja froh, dass du auf der richtigen Seite des Gesetzes stehst«, meinte Enno schmunzelnd. Tatsächlich hatte sie dasselbe schon öfter über ihn gedacht – wenn der Oberkommissar kein Ordnungshüter, sondern ein Krimineller wäre, dann müsste man sich wegen seiner Intelligenz, seiner Erfahrung und seiner Weitsicht wirklich vor ihm fürchten. Die beiden Ermittler zogen Latexhandschuhe an, bevor sie den Raum betraten. Das Bett war nicht gemacht, worüber die Kommissarin sich nicht wunderte. Die Pensionswirtin und ihre Saisonaushilfe würden erst nach Ende der offiziellen Frühstückszeit dazu kommen, die Zimmer zu reinigen und aufzuräumen – was an sich kein Problem war, denn am späten Vormittag zog es die meisten Gäste ohnehin an den Strand. Der Raum war spärlich, aber gemütlich eingerichtet. Es gab außer dem Bett einen Nachtschrank, einen kleinen Schreibtisch nebst Stuhl, einen Kleiderschrank und ein an der Wand befestigtes TV-Gerät. Zu dem Zimmer gehörte auch eine kleine Nasszelle, in der die üblichen Gegenstände für die Körperpflege lagen. Neben dem Bett steckte das Ladekabel eines Smartphones in einer Steckdose. Ein großer Leser schien Bunge nicht gewesen zu sein, jedenfalls fand Mona kein Buch – abgesehen von der Bibel, die von einem Missionsverein gratis in Hotels und Pensionen ausgelegt wurde. Allerdings sah es nicht so aus, als ob der Gast einen Blick in die Heilige Schrift geworfen hätte.

»Gelesen hat er nicht, aber fleißig geschrieben«, murmelte sie.

»Wie bitte?!«

Enno, der den Kleiderschrank geöffnet hatte und sich hinein beugte, hatte sie offenbar nicht verstanden.

»Ich sagte, dass Bunge geschrieben hat – und zwar Tagebuch! Es lag in der obersten Schublade des Schreibtischs. Das musst du dir anschauen!«

Das Tagebuch enthielt nicht nur handschriftliche Einträge, sondern auch einige Zeitungsausschnitte, die Bunge dort eingeklebt hatte. Dort ging es ausnahmslos um einen Busunfall mit tödlichem Ausgang. Offenbar war in einer Ruhrgebietsstadt ein Jugendlicher von einem Linienbus überrollt worden. Trotz Reanimation direkt vor Ort hatte der Notarzt sein Leben nicht retten können. Mona überflog die Presseberichte: »Bei dem Busfahrer, den die Pressefritzen als ›Karsten B.‹ bezeichnen, wird es sich um Bunge gehandelt haben.

Man muss nicht Sherlock Holmes sein, um dies zu erkennen. Und der Strafprozess gegen ihn endete mit einem eindeutigen Freispruch. Aus dem Bus-Bremsweg geht eindeutig hervor, dass Bunge sofort in die Eisen gestiegen sein muss, als dieser junge Bursche auf die Fahrbahn gelaufen ist. Außerdem gab es drei voneinander unabhängige Augenzeugen, die dem Opfer tödlichen Leichtsinn attestierten. Und ein Überwachungsvideo zeigt, dass der Jugendliche auf sein Handy starrte, anstatt nach links und rechts zu schauen.«

»Es könnte trotzdem Leute gegeben haben, die Bunge für den Schuldigen hielten«, vermutete Enno. Seine Kollegin schaute sich die letzten Tagebucheinträge an. Die Handschrift des Busfahrers war gut zu lesen. Die meisten Sätze bezogen sich darauf, wie er seine neue Heimat immer besser kennenlernte: »Heute bin ich mit einem Kollegen gefahren, der mir die Route gezeigt hat. Hier auf der Insel sind alle sehr freundlich zu mir, die Schatten der Vergangenheit fallen von mir ab. Es gibt nur eine Buslinie, die Arbeit ist gut zu bewältigen. Das ist die Chance, auf die ich gehofft habe.«

Der Oberkommissar schaute ihr über die Schulter. Er hatte seine Brille aufgesetzt und las mit: »Das klingt doch alles sehr positiv, oder?«

»Ja, aber schau dir die Zeilen vom 18. August an: ›Der Albtraum ist zurück. Ich hätte nicht gedacht, dass die Meute mich hier findet. Habe ich nicht alles getan, um meine Spuren zu verwischen? Ob Mama eine Bemerkung herausgerutscht ist? Weiß der Mob deshalb, wo ich bin? Aber ich kann nicht schon wieder weglaufen, es gefällt mir hier so gut‹. – Und schau dir die Schrift an, Enno – sie verändert sich, wird fahrig und undeutlich. Ich muss keine Grafologin sein, um Bunges Angst aus diesem Eintrag herauslesen zu können. – Und die letzte Seite wurde herausgerissen, der Eintrag vom 19. August fehlt!«

Der Oberkommissar nickte langsam.

»Du vermutest, dass Bunge seinen späteren Mörder erkannt hat und dessen Namen ins Tagebuch schrieb? Und dass diese Person hier eingedrungen ist und das letzte Blatt Papier entfernt hat?«, fragte er.

»Ja, das erscheint mir vorstellbar«, gab die Kommissarin zurück. »Wer risikobereit genug ist, um einen Mord sozusagen in aller Öffentlichkeit zu begehen, der dringt auch in eine Frühstückspension ein, um so einen verräterischen Hinweis zu beseitigen.«

Enno führte den Gedankengang weiter: »Wenn diese Annahme zutrifft, dann wird der Täter erst vor Kurzem hier gewesen sein. Es gibt also zumindest die Chance, dass er von Zeugen bemerkt wurde. – Wir sollten uns unter den Gästen umhören. Und es kann nichts schaden, wenn wir ihnen das Foto von dem Unbekannten an der Bushaltestelle zeigen. Vielleicht handelt es sich ja wirklich um ein und dieselbe Person.«

Damit war Mona einverstanden. Sie und ihr Kollege hatten schon oft in Borkumer Hotels und Pensionen ermittelt. Die meisten Gäste kannten sich untereinander nicht, was die Suche nach verlässlichen Zeugenaussagen schwierig machte – welcher Urlauber hätte schon mit Sicherheit sagen können, ob eine andere Person ebenfalls in demselben Ferienquartier zu Gast war – oder eben nicht? Einen Versuch war es auf jeden Fall wert.

»Der Täter wird es eilig gehabt haben«, überlegte die Kommissarin, »deshalb hat er sich auch nicht die Zeit genommen, die Tür wieder ordentlich abzuschließen. Sicher, er hätte einfach den Zimmerschlüssel des Opfers nehmen können, anstatt diesen in Bunges Tasche zu lassen.«

»Aber dann hätten wir uns gefragt, warum der Tote seinen Schlüssel nicht bei sich hatte, Mona. Und wir wären sofort auf die Idee gekommen, dass jemand in dieses Zimmer eingedrungen ist.«

»Du sagst es«, erwiderte sie. Die beiden verließen das Zimmer vorerst, wobei die Ermittlerin das Tagebuch in einen Beweismittelbeutel tat und mitnahm. Ob die Spezialisten im kriminaltechnischen Labor Oldenburg auf den Seiten Hinweise auf den Täter finden würden? Sie schloss die Tür jedenfalls ab und brachte ein polizeiliches Siegel an. Die Kommissare gingen zu Svenja Oltmanns, die in der Küche werkelte.

»Wäre es möglich, dass sich heute ein Fremder hier in der Pension aufgehalten hat? Also kein Gast, sondern jemand, den du nicht sofort zuordnen konntest?«, wollte Mona von ihr wissen. Sie fügte hinzu: »Eventuell könnte es sich um diesen Mann handeln.«

Sie zeigte der Inhaberin Ella Zäuners Schnappschuss von dem Verdächtigen an der Bushaltestelle. Svenja Oltmanns kniff die Augen zusammen und betrachtete das Foto genau: »Besonders scharf ist es ja nicht … aber an dieses auffällige Hemd könnte ich mich bestimmt erinnern. Nee, Mona, da muss ich passen. Und ich achte sorgfältig darauf, wer hier ein und aus geht.«

Du kannst aber nicht überall gleichzeitig sein, sagte Mona in Gedanken zu der Pensionswirtin. Gerade zur Frühstückszeit war in den meisten Urlaubsunterkünften viel los. Da bildete die *Grüne Düne* keine Ausnahme. Wenn Svenja Oltmanns gerade im Frühstücksraum oder in der Küche war, konnte sich ein Fremder problemlos ins Gebäude schleichen. Die Zimmernummer des Toten hatte er ja vom Schlüssel in dessen Tasche ablesen können. Die meisten Personen, die ihm auf der Treppe oder im ersten Stockwerk begegneten, würden Gäste sein – und ihn vermutlich ebenfalls für einen Bewohner der Pension halten. Es war zweifellos riskant, aber nicht unmöglich, unbemerkt in das Haus einzudringen und diskret wieder zu verschwinden. Aber der Kommissarin stellte sich eine ganz andere Frage: Wenn Rache für den Unfalltod des Jugendlichen das Mordmotiv war – warum hatte der Täter dann nicht einfach das ganze Tagebuch mitgenommen? Aus den Eintragungen ging eindeutig hervor, aus welchem Grund Bunge auf die weit vor dem Festland liegende Insel gezogen war. Sie nahm sich vor, später mit Enno über diesen Punkt zu sprechen.

»Und du bist wirklich sicher, Svenja?«, vergewisserte Mona sich, während sie immer noch das Foto des Unbekannten zeigte.

»Ich bin diesem Mann noch nie begegnet, weder heute noch an einem anderen Tag. Da bin ich mir sicher«, stellte die Pensionswirtin klar. Die Kommissarin vertraute auf ihr Urteil.

»Es wäre aber möglich, dass er einem deiner Gäste aufgefallen ist«, gab Enno zu bedenken. Svenja Oltmanns zuckte mit den Schultern: »Ja, natürlich. Die meisten von ihnen haben momentan die Pension schon verlassen, sie werden zum Strand gegangen sein.«

Die Ermittler beschlossen, sich zunächst bei den noch im Frühstücksraum Verbliebenen umzuhören. Gemeinsam mit der Wirtin betraten die beiden den Wintergarten, in dem die Tische größtenteils schon wieder abgeräumt waren. Das morgendliche Büfett bestand nur noch aus einigen vereinzelten Wurst- und Käsescheiben, halb leeren Marmeladentöpfen und einem Brötchenkorb ohne Brötchen darin. An mehreren Tischen verteilt saßen noch ein Paar sowie zwei Einzelreisende, eine Dame mit Dauerwelle und ein schnurrbärtiger Herr in den Siebzigern. Enno hielt seinen Dienstausweis hoch: »Moin – und entschuldigen Sie bitte die Störung! Ich bin Oberkommissar Moll, das ist Kommissarin Sander. Wir sind von der Polizei Borkum und müssen Ihnen leider mitteilen, dass ein Gast der hiesigen Pension nicht mehr lebt. Sein Name lautete Karsten Bunge. Wir müssen von einem Tötungsdelikt ausgehen.«

Daraufhin brach unter den Anwesenden ein aufgeregtes Gemurmel aus. Das Paar steckte die Köpfe zusammen, und die beiden anderen Reisenden unterhielten sich ebenfalls miteinander.

»Ist das nicht der Mann, der Ihnen gegenüber wohnt?«

Diese Frage richtete die Dauerwellenträgerin an den Urlauber mit Schnurrbart. Er nickte: »Ja, ich bin ihm ein- oder zweimal auf dem Korridor begegnet, da hat er freundlich gegrüßt. Sein Tod ist bedauerlich, der arme Kerl. – Sind wir anderen denn auch gefährdet?«

»Dafür spricht momentan nichts«, erwiderte die Kommissarin, »dennoch benötigen wir Ihre Mithilfe. Wir brauchen dringend die Zeugenaussage dieser Person, deren Foto ich Ihnen gleich zeigen werde. Haben Sie den Mann schon einmal gesehen, vielleicht sogar heute Morgen hier im Haus?«

Das war eine Suggestivfrage, du Anfängerin!, schimpfte Mona mit sich selbst. Aber jetzt waren die Worte ihr schon über die Lippen gekommen. Ennos Miene ließ nicht darauf schließen, dass er ihre Sätze missbilligte. Allerdings gehörte ihr Kollege ohnehin zu den Menschen, die über einen Fehler großzügig hinwegsahen – weil sie sich nämlich selbst auch nicht für perfekt hielten. Sie zeigte das Foto des Fremden also erst dem Schnurrbartträger, dann der Single-Frau – aber beide gaben an, die Person nicht bemerkt zu haben. Sie kamen der Kommissarin glaubwürdig vor. Sie bedankte sich und ging zu den anderen Gästen hinüber. Die beiden waren miteinander verheiratet, wie deren Eheringe bewiesen. Mona schätzte das Ehepaar auf Anfang vierzig. Die Frau trug ein ärmelloses weißes Kleid mit schwarzen Punkten. Ihr Gesicht erinnerte die Kommissarin an das einer Spitzmaus. Ihre Augen waren dunkel und wirkten unnatürlich klein. Während sie das Bild nur flüchtig anschaute und dann den Kopf schüttelte, nahm sich ihr Mann mehr Zeit. Er nahm seine Brille ab und musterte die Aufnahme intensiv, bevor er nickte: »Ja, der Knabe ist vorhin über den Flur gehuscht. Er schien es mächtig eilig zu haben.«

Kapitel 5

Mona war ihre Aufregung vermutlich anzumerken. Sie spürte jedenfalls deutlich, wie sich ihr Pulsschlag beschleunigte: »Und Sie sind hundertprozentig sicher?«

Sie schaute den Gast gespannt an, dem ihre gesteigerte Aufmerksamkeit sichtlich gutzutun schien. Er wirkte geschmeichelt, schränkte aber ein: »So würde ich das nicht sagen, obwohl ich mich für einen guten Beobachter halte. Sie müssen bedenken, dass wir hier Urlaub machen. Wir waren also mit dem Frühstück beschäftigt, ich plauderte mit meiner guten Lotte – und bemerkte diesen Mann mehr so aus dem Augenwinkel heraus. Dennoch würde ich behaupten, dass der Mann auf dem Foto heute hier war. Allerdings könnte er nicht dieses bunte Hemd, sondern etwas Einfarbiges getragen haben, weiß oder hellgelb.«

Das würde ja zur Annahme passen, dass der Mörder sein mit Blut bespritztes Hemd loswerden musste, dachte die Kommissarin. Sie sagte: »Das ist eine wichtige Information, Herr …?!«

»Lohfink, mein Name ist Arndt Lohfink.«

Er stand auf und legte die Hände an die Hosennaht – als ob Mona seine militärische Vorgesetzte sei und er gleich salutieren müsse. Der Feriengast war nur wenige Zentimeter größer als die Ermittlerin. Er trug eine sandfarbene Freizeithose und ein weißes Hemd mit kurzen Ärmeln. Sein dunkelbraunes Haar wurde oberhalb der Stirn bereits ziemlich dünn. Mona gab ihm ihre Visitenkarte: »Herr Lohfink, Sie müssten bitte im Lauf des Tages zur Wache kommen, damit wir Ihre Aussage schriftlich aufnehmen können. Die Adresse steht auf der Karte. Falls Ihnen noch etwas einfällt, dann können Sie mich jederzeit anrufen. – Und Sie haben wirklich nichts bemerkt?«

Der letzte Satz war an die Gattin gerichtet, die sich nun als Lotte Lohfink vorstellte.

»Ich sitze mit dem Rücken zum Flur, das habe ich auch vorhin schon getan«, antwortete sie. Das konnte man nicht übersehen; Mona kam sich dämlich vor, weil sie die Frage überhaupt gestellt hatte. Aber sie tröstete sich damit, dass dieser Zeuge die Ermittlung entscheidend vorantreiben konnte. Lohfink steckte die Karte in die Brusttasche seines Hemds: »Müssen wir noch weitere Details über die gesuchte Person wissen? Wie sollen wir uns beispielsweise verhalten, wenn wir dem Mann im Ort begegnen?«

»Sprechen Sie ihn auf keinen Fall an!«, machte die Kommissarin mit Nachdruck deutlich und fuhr fort: »Falls Sie ihn erblicken, lassen Sie sich nichts anmerken und rufen Sie umgehend die Polizei.«

Ihre Worte machten nicht nur Arndt Lohfink hellhörig, auch seine Frau und die beiden übrigen Pensionsgäste sowie Svenja Oltmanns wirkten beunruhigt.

»Also ist dieser Mann gefährlich? Sie hätten uns reinen Wein einschenken müssen«, meinte Lohfink mit mildem Tadel in der Stimme.

»Das wissen wir noch nicht, aber wir möchten einfach kein Risiko eingehen«, erklärte Enno. Seine begütigende Art glättete die Wogen gleich wieder ein wenig. Bevor sie sich verabschiedeten, nahm Mona noch einmal die Pensionswirtin beiseite: »Svenja, Bunges Zimmertür war nicht abgeschlossen. Warst du oder deine Angestellte im Raum, nachdem er fortgegangen ist?«

»Nee, wir nehmen uns die Zimmer ja immer erst nach der Frühstückszeit vor«, lautete die Antwort. »Dann muss Bunge selbst nicht abgeschlossen haben – oder war wirklich der Mörder hier?«

Die letzten Worte stieß sie so ängstlich hervor, als ob der Täter direkt hinter ihr lauern würde.

»Wir haben die Lage im Griff«, versicherte Mona und klopfte Svenja Oltmanns aufmunternd auf die Schulter, »und falls dir etwas merkwürdig vorkommt, dann ruf einfach bei der Polizei an. Von der Wache aus sind wir in ein paar Minuten hier.«

Darauf erwiderte die Pensionswirtin nichts. Die Kommissarin glaubte, ihre Blicke im Rücken zu spüren, als die Ermittler das Gebäude verlassen hatten und Richtung Strandstraße gingen. Nach ein paar Minuten des Schweigens sagte Mona: »Ich verstehe nicht, warum der Täter nur eine Seite herausgerissen hat. Um den Verdacht Richtung Racheaktion für den Unfalltod zu zerstreuen, hätte er besser das ganze Tagebuch mitgenommen.«

»Ja, das stimmt – falls der Mörder aus diesem Grund den Busfahrer tot sehen wollte. Aber vielleicht hat Bunge etwas ganz anderes aufgeschrieben? Beispielsweise den Namen einer Person, von der er sich bedroht fühlte? Und das muss nicht zwangsläufig etwas mit seinem Unfall zu tun haben.«

»Daran hatte ich nicht gedacht«, gab Mona zu, »wahrscheinlich leidet meine Kombinationsgabe darunter, dass wir gleich beim Chef Bericht erstatten müssen.«

In letzter Zeit hatte sich ihr Verhältnis zum Dienststellenleiter Hinrich Oltbeck gebessert, obwohl sie an seiner Sturheit und Fantasielosigkeit immer noch gelegentlich aneckte. Allerdings besaß auch Mona selbst einen Dickkopf. Darüber machte sie sich keine Illusionen. Der Vorgesetzte war bereits durch uniformierte Kollegen über den Mord informiert worden. Entsprechend gespannt und gereizt reagierte er, als die Ermittler ihm wenig später in seinem Büro auf der Wache gegenübersaßen: »Wie lautet denn der momentane Stand Ihrer Ermittlungen? Lassen Sie sich doch nicht jedes Wort einzeln aus der Nase ziehen!«

Die Kommissarin runzelte die Stirn. Enno und sie hatten noch gar keine Chance bekommen, etwas zu sagen. Aber wenn Oltbeck vollgetextet werden wollte – das konnte er haben.

»Wie Sie wünschen!«, gab Mona zurück. Sie begann schnell und stakkatoartig zu reden, erzählte von dem Verdacht wegen des Busunfalls auf dem Festland und erwähnte auch den von Ella Zäuner fotografierten Unbekannten.

»Durch diese Handlung hat die Dame sich strafbar gemacht«, stellte Oltbeck klar, wobei er sich mit der flachen Hand über die Glatze strich – eine nervöse Angewohnheit von ihm. Die Ermittlerin hätte beinahe mit den Augen gerollt: »Darüber bin ich mir im Klaren! Aber wir können das Bild an sämtliche Kollegen verteilen, wodurch die Wahrscheinlichkeit, ihn zu erwischen, enorm ansteigt.«

»Mir ist durchaus bekannt, wie eine Fahndung funktioniert, Frau Sander«, näselte der Chef, »mich würde nur interessieren, wie Sie den Fall grundsätzlich anpacken wollen … sagen Sie doch auch mal was, Herr Moll. Sie sind schließlich der erfahrenere Kriminalist.«

»Ich schlage vor, das Tagebuch kriminaltechnisch untersuchen zu lassen. Vielleicht können die Kollegen ja irgendwie rekonstruieren, was auf der herausgerissenen Seite gestanden hat«, regte Enno an, »und außerdem sollte jemand herausfinden, wer Bunge ernsthaft nach dem Leben getrachtet haben könnte. Solche Leute brüsten sich ja oft im Internet mit ihren Plänen. Das wäre übrigens eine Aufgabe, die Frau Smit übernehmen könnte.«

»Ja, Ihre Idee gefällt mir – die junge Kollegin hängt sowieso den ganzen Tag am Handy. – Frau Sander, sprechen Sie doch bitte noch einmal mit der Mutter des Opfers. Es muss ja einen Grund dafür geben, dass sie Ihnen die Sache mit dem Unfall ihres Sohnes verschwiegen hat. Sie wird mitbekommen haben, dass er bedroht wurde. Hat sie die örtliche Polizei darüber informiert?«

Das war ein guter Ansatz, wie Mona zugeben musste. *Manchmal kann auch Oltbeck vernünftig sein,* dachte sie und verkniff sich ein Schmunzeln.

»Und ich frage bei der *Borkumer Kleinbahn* nach, ob es noch Informationen gibt, die nicht in Bunges Personalakte stehen«, sagte Enno.

»Wir müssen bis zum frühen Abend etwas vorzuweisen haben«, beschwor Oltbeck seine Untergebenen, »ich habe für 18 Uhr eine Pressekonferenz im Rathaus anberaumt. Ich erwarte, dass Sie beide dort erscheinen und den Medien ein paar Fakten liefern, um die Lage zu beruhigen. So ein spektakulärer Mord mitten in der Hauptsaison ist für die TV- und Zeitungsredaktionen natürlich ein gefundenes Fressen.«

»Vor anderthalb Stunden wurde die Leiche entdeckt, und heute Abend sollen wir schon von den Reportern gegrillt werden?«, empörte sich Mona. »Es wäre schön, wenn wir genug Zeit zum Ermitteln bekommen könnten.«

Der Chef schaute auf seine Armbanduhr: »Die Zeiger rücken vorwärts, Frau Sander. Sie sollten besser jetzt sofort loslegen, notfalls müssen Sie eben mal Ihre Mittagspause ausfallen lassen.«

Die Kommissarin hätte schwören können, dass Oltbeck noch eine weitere Bemerkung auf der Zunge lag. So etwas wie: *Herrn Moll würde eine Nulldiät gewiss nichts schaden.* Aber der Vorgesetzte wusste natürlich, dass die beiden eng miteinander befreundet waren und ein blöder Spruch über Enno bei Mona einen ihrer berüchtigten Wutanfälle ausgelöst hätte.

»Wir werden Sie nicht enttäuschen«, versicherte der Oberkommissar. Damit war Oltbeck für den Moment zufrieden und erklärte die »Audienz« für beendet. Mona hatte mit ihrer Smartphone-Kamera einige Fotos von den Zeitungsartikeln in dem Tagebuch gemacht. Sie ging nach vorn ins Wachlokal, wo Grietje gerade herzhaft gähnte. Die Kommissarin gab ihr eine Zusammenfassung des Mordfalls und sagte: »Ich schicke dir gleich ein paar Bilder aufs Handy. Könntest du bitte herauszufinden versuchen, ob irgendwelche Spinner im Internet wegen dieses Unfalls Rache nehmen wollen?«

»Wird erledigt«, gab die junge Polizeimeisterin lässig zurück, »aber solche Tastaturhelden tauchen meist nicht unter Klarnamen auf.«

»Das weiß ich auch, Grietje. Aber du kannst trotzdem schon mal anfangen. Falls du nicht weiterkommst, bitten wir die Cybereinheit vom Landeskriminalamt um Hilfe. Aber denen müssen wir zumindest einen Ermittlungsansatz bieten können.«

»Und bis dahin ist das Fußvolk zuständig, also ich – schon kapiert«, lästerte Grietje. Aber Mona kannte sie zur Genüge und war sicher, dass die Polizeimeisterin sich in Wirklichkeit über die verantwortungsvolle Aufgabe freute. Sie bekam selten Gelegenheit, an einem Mordfall mitzuarbeiten – außer vielleicht, am Tatort Trassierband zu spannen.

»Du wirst das Kind schon schaukeln.«

Mit diesen aufmunternden Worten kehrte Mona in ihr Dienstzimmer zurück, wo sie in der Tür beinahe mit Enno zusammengestoßen wäre.

»Ich gehe kurz zur *Borkumer Kleinbahn* rüber, um noch mal über Bunge zu sprechen«, sagte er, »dann kannst du in Ruhe telefonieren.«

Die Kommissarin warf ihm eine Kusshand zu: »Du bist ein Schatz!«

Sie konnte verstehen, dass der Oberkommissar lieber persönlich mit den Kollegen des Mordopfers sprach – vor allem, weil nur wenige Hundert Meter zwischen der Polizeiwache und dem Inselbahnhof lagen. Das Borkumer Ortszentrum zeichnete sich durch seine kurzen Wege aus. Mona blieb einen Moment lang am Fenster stehen und schaute Enno nach, der Richtung Georg-Schütte-Platz ging. Dann griff sie seufzend zum Telefonhörer, um Bunges Mutter anzurufen.

»Ja?!«

Die Stimme der älteren Frau hörte sich dünn und rau an.

»Hier ist noch einmal Kommissarin Sander. Wie geht es Ihnen, Frau Bunge?«

Wie soll es ihr gehen? Sie hat gerade ihren Sohn verloren, dachte die Ermittlerin verdrossen. Aber sie wusste nicht, wie sie das Telefonat besser hätte einleiten können.

»Ich komme zurecht, meine Schwester kümmert sich um mich. – Haben Sie schon etwas herausfinden können, Frau Sander?«

Frau Bunge sprach zögernd und verlangsamt; vermutlich stand sie unter dem Einfluss von Beruhigungsmitteln.

»Es besteht die Möglichkeit, dass jemand den Unfall, bei dem jemand getötet wurde, als Anlass genommen hat, Ihrem Sohn etwas anzutun zu wollen ...«, begann Mona, als die Mutter ihr ins Wort fiel: »Karsten traf keine Schuld an diesem tragischen Ereignis! Er hat selbst sehr darunter gelitten, dass dieser Junge unter seinen Bus geraten ist. Mein Sohn hat nichts falsch gemacht, daran ließen die Gutachter und die Augenzeugen keinen Zweifel.«

»Das verstehe ich, und er wurde ja vom Gericht offenbar vollkommen entlastet«, betonte die Kommissarin, »nur gibt es leider Menschen, die ein solches Urteil nicht akzeptieren und sich über die Justiz hinwegsetzen. – Darf ich fragen, warum Sie mir von dieser Bedrohung nichts erzählt haben?«

»Das ist vielleicht ein Fehler gewesen«, gab die Mutter zu, »aber es war Karstens Wunsch, über dieses Unglück zu schweigen. Er hoffte, dass mit der Zeit Gras über die Sache wachsen würde. Sein Leben hier in der Stadt wurde zunehmend unerträglich. Unbekannte haben die Reifen seines Autos aufgeschlitzt und die Fenster seiner Wohnung eingeworfen. Er musste sich verstecken – als ob er ein Schwerverbrecher wäre. Dabei hätte das, was ihm geschehen ist, jedem Busfahrer passieren können – Sie sind machtlos, wenn Ihnen jemand ohne Sinn und Verstand vor das Fahrzeug läuft.«

»Ich bin völlig auf Ihrer Seite«, stellte Mona klar, »aber für die Suche nach dem Täter wäre es hilfreich, wenn ich die Namen von Verdächtigen bekommen könnte. Dann lassen sich deren Alibis überprüfen.«

»Karsten hat bei Ihren Kollegen Strafanzeige gegen Unbekannt gestellt«, sagte Frau Bunge. »Ob etwas dabei herausgekommen ist, kann ich nicht sagen. – Er war jedenfalls glücklich, als auf Borkum ein Busfahrer gesucht wurde. Mein Sohn hoffte, so hoch im Norden einen Neuanfang starten zu können.«

Die letzten drei oder vier Worte des Satzes hörten sich ziemlich undeutlich an. Mona befürchtete, dass die Mutter gleich wieder von ihren Emotionen überwältigt wurde.

»Ich will Sie jetzt nicht länger behelligen«, betonte die Kommissarin, »also verstehe ich Sie richtig, dass Sie mir keine Namen nennen können?«

»Nein, leider nicht, Frau Sander. Die Familie des Jungen war natürlich am Boden zerstört, aber einsichtig. Die Eltern haben begriffen, dass es wirklich nur ein Unfall gewesen ist. Ihnen würde ich nicht zutrauen, meinem Sohn nach dem Leben getrachtet zu haben. – Aber im Internet machten einige Fanatiker regelrecht Jagd auf Karsten.«

»Wir werden diese Leute nicht davonkommen lassen, das verspreche ich Ihnen. – Frau Bunge, ich muss in alle Richtungen ermitteln. Fallen Ihnen Personen ein, die aus anderen Gründen etwas gegen Ihren Sohn gehabt haben könnten? War vielleicht Eifersucht im Spiel – oder hatte er Schulden bei zwielichtigen Typen?«

»Davon ist mir nichts bekannt. – Ich hoffe sehr, dass Sie bei der Mörderjagd erfolgreich sind.«

Frau Bunge hörte sich nun so an, als ob das kurze Telefonat sie ihre ganze Kraft gekostet hätte. Vielleicht war das ja auch wirklich so. Sie legte auf, ohne sich zu verabschieden. Monas T-Shirt klebte an ihrem schweißnassen Rücken, obwohl es in dem Büro noch relativ kühl war. Sie kochte erst einmal einen Tee, um ihre Nerven zu beruhigen. Als die starke Assam-Mischung lange genug gezogen hatte, erschien Enno wieder auf der Bildfläche.

»Wie es scheint, komme ich gerade im richtigen Moment«, stellte er schmunzelnd fest. Er genehmigte sich einen Tee, natürlich nach Ostfriesenart: Erst kam ein Kluntje in die Tasse, dann der heiße Tee – gefolgt von einem Schuss Sahne, die entgegen dem Uhrzeigersinn hineingegossen wurde. Der Oberkommissar trank einen Schluck, schaute seine Kollegin dabei prüfend an: »Das Telefonat mit der Mutter war vermutlich kein reines Vergnügen.«

»Nee, und sie konnte mir auch nicht weiterhelfen. – Immerhin hat Bunge einige Strafanzeigen wegen Sachbeschädigung gestellt, vielleicht ist ja dabei etwas herausgekommen.«

Mit diesen Worten griff Mona erneut zum Telefonhörer und nahm Kontakt mit dem zuständigen Polizeipräsidium auf. Sie wurde durchgestellt und brachte ihr Anliegen vor – leider erfolglos. Die Ermittlungen waren eingestellt worden. Die Kommissarin bedankte sich und legte auf. Da der Lautsprecher eingeschaltet war, hatte Enno alles mitbekommen.

»Solche Leute brüsten sich gern mit ihren Schandtaten, Grietje hat bestimmt mehr Erfolg bei ihren Nachforschungen«, meinte er mit seiner üblichen Zuversicht, »außerdem ist es ja nicht so, dass wir überhaupt keinen Verdächtigen hätten. Wir müssen uns auf die drei Personen im Bus konzentrieren. Zumindest einer von ihnen ist der Täter, die anderen sind entweder wichtige Zeugen oder Komplizen.«

»Ja, wobei wir uns vor allem auf den Typen konzentrieren sollten, den Ella Zäuner fotografiert hat – konntest du eigentlich bei der *Borkumer Kleinbahn* etwas erreichen?«

»Leider nicht, Mona. Bunge hat ja erst seit wenigen Tagen dort gearbeitet. Er wurde mir als freundlich, aber still und unauffällig beschrieben.«

Die Kommissarin hatte währenddessen den Namen Karsten Bunge durch die Datenbanken laufen lassen, dabei aber keinen Treffer erzielt. Der Busfahrer war polizeilich niemals negativ in Erscheinung getreten.

Bevor Enno noch mehr sagen konnte, klingelte Monas Handy. Sie nahm das Gespräch an.

»Sander.«

»Hier spricht Ella Zäuner. – Ich habe soeben den Verdächtigen von der Bushaltestelle wiedergesehen!«

Kapitel 6

Mona war wie elektrisiert: »Wo befinden Sie sich momentan, Frau Zäuner?«

»Ich bin mit den Kindern am Strand, auf dem Abschnitt zwischen *Dünenbudje* und Waterdelle«, sagte die Zeugin. Ihre Stimme hörte sich aufgeregt und nervös an: »Ehrlich gesagt, ist mir ziemlich mulmig zumute. Es kommt mir so vor, als ob dieser Kerl mich wiedererkannt hätte. Er starrt mich aus sicherer Entfernung an, obwohl er es möglichst unauffällig zu tun versucht.«

»Haben Sie die Kinder im Blickfeld?«

»Selbstverständlich, Frau Sander. Für wen halten Sie mich? Selbst wenn ich lese, entgeht mir nichts, was die Rangen gerade anstellen. Sie buddeln im Sand, und ausnahmsweise gibt es keinen Zank zwischen ihnen.«

»Sind noch andere Personen in Sichtweite?«, hakte Mona nach.

»Ja, einige junge Eltern mit ihrem Nachwuchs.«

»Wenn das so ist, dann wird der Verdächtige momentan nichts unternehmen, weil zu viele Zeugen in der Nähe sind«, vermutete die Kommissarin. Sie fügte hinzu: »Bleiben Sie bitte ruhig und achten Sie darauf, dass die Kinder nicht weglaufen. Mein Kollege und ich sind in ein paar Minuten bei Ihnen!«

Mit diesen Worten legte sie den Hörer auf. Enno hatte alles mitbekommen, denn der Lautsprecher war eingeschaltet.

»Ich glaube nicht an Zufälle. Ob der Mann die junge Mutter verfolgt hat?«, sinnierte der Oberkommissar, während er und Mona zügig ihr Büro verließen und in ihren Dienstwagen stiegen.

»Wenn Ella Zäuner öfter auf dem Spielplatz neben dem Hotel sitzt, kann er ihr von dort aus nachgestiegen sein«, dachte Mona laut nach, »wobei ich mich frage, was er damit bezweckt. Denkt er wirklich so weit, dass er diese Frau als eine lästige Zeugin ausschalten will? Dadurch steigt nur sein Risiko, verhaftet zu werden.«

»Sobald wir dem Herrn Auge in Auge gegenüberstehen, wird er uns einige Fragen beantworten müssen«, meinte Enno, während er den Motor anließ. Der Pkw ohne Polizeimarkierung preschte vom Hof. Mona befestigte das Blaulicht mit dem Magnetfuß auf dem Autodach, verzichtete aber auf den Einsatz der Sirene. Der Verdächtige sollte schließlich nicht vorgewarnt werden. Von der Polizeiwache bis zu ihrem Ziel benötigte man mit dem Auto weniger als zehn Minuten. Der Kommissarin kam es subjektiv so vor, als ob sie sich im Schneckentempo fortbewegen würden. Sie fuhren zunächst auf der Hindenburgstraße, bis sie beim Barbaraweg und der Ostfriesenstraße den bewohnten Teil der Insel größtenteils hinter sich ließen und tiefer in die Dünenlandschaft vordrangen. Sie fuhren am Flugplatz vorbei und mussten ihren Wagen auf dem Parkplatz beim Emmich-Denkmal stehenlassen. Den Rest des Weges zum Strand legten sie auf einem schmalen Pfad zurück, der nur von Wanderern und Radfahrern genutzt werden konnte. Es ging steil eine Düne hoch, aber hinter dem auf der Kuppe wachsenden Gras sah Mona schon das Blau der Nordsee schimmern. Hier – wo der Strand »Jugendbad« hieß, war er nicht so überlaufen wie auf dem Abschnitt unterhalb der Musikkuppel, wo in der Hauptsaison mehrmals am Tag gratis Livemusik gespielt wurde. Die Kommissarin ließ ihren Blick schweifen. Sie entdeckte zuerst das kleine Mädchen und den kleinen Jungen, die mit Schäufelchen und Plastikeimern ausgerüstet im Sand wühlten. Und dann sah sie Ella Zäuner, die auf einem Badelaken gesessen hatte. Sie trug denselben Strohhut wie bei ihrer früheren Begegnung, war jetzt allerdings nur noch mit einem flaschengrünen Badeanzug bekleidet. Als die Kommissare die Dünen hinter sich gelassen hatten und durch den weichen Sand auf sie zu stapften, drehte die Zeugin sich halb zur Seite und zeigte auf einen Strandkorb, der noch nicht vermietet war – was man an dem abschließbaren Holzgitter an der Vorderfront erkennen konnte. Es sollte Unbefugte davon abhalten, es sich in dem Outdoor-Möbel bequem zu machen, ohne vorher ihre Miete zu zahlen. Auf jeden Fall duckte sich jemand hinter den Strandkorb, wurde von diesem allerdings nicht vollständig verdeckt.

»Enno, bleibst du bei Frau Zäuner?«

Mona wartete keine Antwort ihres Kollegen ab, sondern rannte los. Der Oberkommissar war nicht so flink wie sie, darüber machte er sich selbst keine Illusionen. Daher hielt sie es für sinnvoll, wenn er besser die Mutter und die Kinder schützte, anstatt sich an der Verfolgung zu beteiligen. Und es zeichnete sich ab, dass der Mann hinter dem Korb jetzt verduften wollte. Er wandte sich vom Strand ab, lief auf die Dünen zu. Mona hatte sich noch nicht als Ermittlungsbeamtin zu erkennen gegeben, was sie nun nachholte.

»Polizei Borkum! Bleiben Sie bitte mal stehen?!«

Ihr Ruf war so laut gewesen, dass er unmöglich hatte überhört werden können – trotz des Brausens der Brandung, des fröhlichen Kinderlachens und der Musik, die aus manchen mitgebrachten Soundsystemen drang. Mona fiel sofort auf, dass der Verdächtige exakt dieselbe Kleidung trug wie auf dem Foto, das Ella Zäuner am Vormittag von ihm gemacht hatte. Mona fand dies irritierend, obwohl sie momentan nicht hätte sagen können, aus welchem Grund. *Aktuell nicht so wichtig,* dachte sie, *ich muss den Kerl erst einmal erwischen!*

Die Kommissarin kannte sich auf Borkum besser aus als der Flüchtende – zumindest hoffte sie das. Er wollte an einer Stelle in den Dünen verschwinden, wo diese ganz besonders steil aufragten und er deshalb nur langsam vorankam. Mona schlug einen Bogen, wobei sie einen flacheren Zugang in das weitläufige Naturschutzgebiet wählte, das ohnehin nur auf den ausgewiesenen Pfaden durchquert werden durfte. Es war verboten, einfach in den Dünen herumzuklettern oder gar dort Feuer zu machen.

Der Verdächtige staunte nicht schlecht, als er Mona plötzlich *vor* sich hatte! Er war wohl davon ausgegangen, dass sie immer noch hinter ihm her lief und hatte sich nicht umgedreht. Ein Fehler, wie ihm jetzt bewusst wurde. Die Distanz zwischen ihnen war nun so gering, dass sie erstmals sein Gesicht genauer betrachten konnte. Er war schätzungsweise Anfang vierzig, glattrasiert und mit dunklen Haaren und ebensolchen Augen. Seine Miene zeigte eine Mischung aus Widerwillen und Trotz, als er die Kommissarin anschaute. Sie hielt ihren Dienstausweis hoch. Niemand sollte später bei einem Strafprozess behaupten können, dass sie sich nicht als Polizistin ausgewiesen hätte. Ob er bewaffnet war? Darauf deutete nichts hin – wobei man ein kleines Messer problemlos am Körper verstecken konnte. Mona führte sich vor Augen, wie brutal Bunge ermordet worden war – mit einem einzigen Stich. Das sollte ihr nicht passieren. Sie musste also verstärkt auf Eigensicherung achten, zumal sie momentan keine Schutzweste trug. Der Dunkelhaarige schien seine Flucht lieber fortsetzen zu wollen. Jedenfalls drehte er sich auf dem Absatz um und verschwand wieder Richtung Strand. Die Kommissarin unterdrückte einen Fluch und hetzte ihm hinterher. Sie war gut in Form, ihre regelmäßigen Joggingrunden machten sich bezahlt. Und sie verstand sich natürlich auch auf waffenlose Selbstverteidigung. Daher fühlte sie sich dazu in der Lage, es mit dem Kerl aufzunehmen – obwohl er einen Kopf größer war als sie selbst. Sie musste bloß darauf achten, dass er nicht nach einem Messer oder einem anderen Mordinstrument griff. Mona erreichte die Dünenkrone. Sie stellte fest, dass er auf der anderen Seite auf seinem Hosenboden hinabgerutscht war. Sie folgte diesem Beispiel. Der Flüchtende bewegte sich nun in entgegengesetzter Richtung – also vom Inselinneren weg auf die Brandung zu.

Will er etwa nach Schiermonnikoog hinüberschwimmen?, fragte sich die Kommissarin. Sie hatte jedenfalls nicht vor, ihn auch nur ins Wasser gelangen zu lassen.

»Polizei! Sofort stehen bleiben!«, rief sie erneut. Nun bekamen auch andere Badegäste mit, was sich hier abspielte. Der Mann schlug einen Haken, rannte jetzt auf den Hauptstrand zu. Aber von dort kam in diesem Moment eine Gruppe von Joggern. Sie hatten Monas Worte gehört, blieben stehen und versperrten ihm den Weg. Die Kommissarin schätzte es eigentlich nicht, wenn sich Zivilisten in Gefahr brachten. Aber weil der Verdächtige den Sportlern ausweichen musste, verlor er weitere wertvolle Sekunden. Mona schloss zu ihm auf, packte ihn am Oberarm: »Bleiben Sie sofort stehen, das hier ist kein Scherz!«

Tatsächlich verharrte der Kerl in seiner Bewegung. Er wirkte unentschlossen, vermutlich spielte er innerlich seine Optionen durch. Und die waren ziemlich begrenzt. Er hätte die Kommissarin attackieren können, aber die drei Jogger befanden sich nur zehn oder zwölf Meter von ihm entfernt. Wenn er die Polizistin angriff, mischten sie sich vielleicht zu ihren Gunsten ein. Und dann war da auch noch der Zweimetermann Enno, der nun zwar langsam, aber entschlossen näherkam. Der Verdächtige konnte sich denken, dass er es mit einem weiteren Polizeibeamten zu tun hatte. Also entschied er sich gegen Gewalt – zumindest vorerst. Er trat einen Schritt zurück und hob abwehrend die Handflächen: »Schon gut, ich verstehe die Aufregung gar nicht. Was wollen Sie von mir? Ich habe nichts Verbotenes gemacht!«

Er rang nach Atem, während er einen möglichst harmlosen Eindruck zu machen versuchte. Mona konzentrierte sich hauptsächlich darauf, ob er in seine Taschen greifen wollte. Wenigstens konnte er in seinem kurzärmligen Hemd keine scharfe Klinge verstecken. Die Ermittlerin präsentierte abermals ihren Dienstausweis, wobei sie sich ebenfalls von dem intensiven Sprint erholte: »Ich bin Kommissarin Sander von der Polizei Borkum. Und wir führen hier eine allgemeine Personenkontrolle durch, um das Sicherheitsgefühl der Urlauber zu erhöhen.«

»Und deshalb verfolgen Sie harmlose Touristen? Oder stehen Sie auf mich?«, brachte der Kerl höhnisch hervor.

Das hättest du wohl gerne, dachte sie und schaute ihm direkt in die Augen.

»Es hat heute auf der Insel einen brutalen Mord gegeben. Ich möchte jetzt gern erst einmal Ihren Personalausweis sehen.«

Sie spürte, wie ihr Kollege näherkam. Trotz seines Gewichts bewegte Enno sich auf dem weichen Sand beinahe lautlos. Und da er ging und nicht rannte, musste er auch nicht röchelnd nach Luft ringen wie eine altersschwache Lokomotive. Im nächsten Moment trat er an ihre Seite.

»Moin, ich bin Oberkommissar Moll. – Kommst du zurecht?«

Die Frage war natürlich an seine Kollegin gerichtet.

»Ja, der Herr wird sich jetzt vernünftig aufführen, nicht wahr?«

Der Gesichtsausdruck des Verdächtigen ließ sich am besten mit einer Mischung aus Verwirrung und Argwohn beschreiben. Er sagte: »Mein Name ist Holger Frese. Und ich habe ganz bestimmt niemanden umgebracht. – Verhaften Sie lieber diese Kindesentführerin!«

Er deutete an Monas Schulter vorbei auf Ella Zäuner, die in sicherer Entfernung wartete. Sie hatte es geschafft, den Jungen und das Mädchen weiterhin mit Sandspielen zu beschäftigen. Die Kleinen hatten von der Aufregung unter den Erwachsenen gar nichts mitbekommen. Die Kommissarin runzelte die Stirn. Kindesentführerin? War das nur ein billiger Trick, mit dem Frese von sich selbst ablenken wollte? Sie nahm das Personaldokument aus seiner Hand entgegen: »Alles zu seiner Zeit, Herr Frese. Ich werde jetzt erst einmal Ihre Identität prüfen. – Enno, könntest du den Herrn währenddessen durchsuchen?«

»Selbstverständlich«, erwiderte der Oberkommissar, bevor er sich an den Verdächtigen wandte: »Haben Sie Waffen oder gefährliche Gegenstände in den Taschen, an denen ich mich verletzen könnte?«

Mona wartete Freses Reaktion nicht ab, sondern trat ein paar Schritte beiseite und rief auf der Wache an. Grietje war am Apparat.

»Moin, ich bräuchte mal eine POLAS-Abfrage für einen gewissen Holger Frese aus Kassel.«

»Wird gemacht«, erwiderte die Polizeimeisterin und fuhr fort: »Übrigens habt ihr mir mit dieser Recherche nach den Tastaturspinnern ein ganz schönes Ei ins Nest gelegt.«

»Wieso?«, hakte die Kommissarin nach.

»Es sind einfach zu viele, Mona. Klar, größtenteils reden wir über Maulhelden – wobei diese Trottel mit Morddrohungen schnell bei der Hand sind. Könnte nichts schaden, da mal ein paar Ermittlungsverfahren einzuleiten.«

»Ob wir wohl herausfinden können, ob einer dieser Verdächtigen sich momentan auf Borkum befindet?«

Die junge Kollegin erwiderte lachend: »*Wir* heißt in diesem Fall wohl *Polizeimeisterin Smit*, oder? Ich bezweifle zwar, dass eine dieser trüben Tassen wirklich seine Trollhöhle verlässt und sich in die echte Welt begibt, wo er sich mit Menschen aus Fleisch und Blut auseinandersetzen muss – aber ich gebe mein Bestes. – Was diesen Holger Frese angeht, so hat er übrigens eine weiße Weste. Keine Anklage, kein schwebendes Verfahren, keine Vorstrafen.«

»Alles klar, vielen Dank – bis später, Grietje.«

Mona beendete den Telefonkontakt und ging wieder zu Enno und Frese hinüber. Sie gab dem Verdächtigen seinen Personalausweis wieder.

»Der Herr hatte keine Waffen bei sich«, teilte der Oberkommissar ihr mit.

»Selbstverständlich nicht!«, fauchte Frese. »Denken Sie, dass ich ein Schwerverbrecher bin? Wahrscheinlich hat diese Kidnapperin Sie gegen mich aufgehetzt!«

Abermals deutete er in Ella Zäuners Richtung.

»Das ist eine schwere Anschuldigung«, stellte Mona klar. »Haben Sie irgendwelche Beweise für Ihre Behauptung?«

»Selbstverständlich, es handelt sich um meine Kinder, mein eigen Fleisch und Blut!«, rief der Verdächtige. »Sie müssen die beiden einfach nur nach ihren Namen fragen.«

Die Kommissarin wusste nicht, was sie von diesem Vorstoß halten sollte. Handelte es sich nur um eine Finte, um von seinen eigenen Machenschaften abzulenken? Sie konnte jedenfalls nicht einfach darüber hinweggehen. Also wollte sie sich Klarheit verschaffen und stapfte zu Ella Zäuner hinüber. Die Kinder spielten immer noch völlig versunken, nur wenige Schritte von ihr entfernt. Mona ging auf den Jungen und das Mädchen zu und kniete sich hin: »Ihr habt da ja eine tolle Sandburg! Ich will euch nicht lange stören, aber als höflicher Mensch sollte man sich vorstellen. – Ich bin Mona Sander. Und wie heißt ihr?«

Die beiden waren gut erzogen. Obwohl sie offenbar lieber weitergespielt hätten, antworteten sie prompt.

»Ich heiße Pia Frese.«

»Ich bin Lars Frese.«

Kapitel 7

Die Kommissarin fühlte große Wut in sich aufsteigen. Sie war von Ella Zäuner offenbar nach Strich und Faden veräppelt worden, und das konnte sie nicht einfach hinnehmen. Dass Holger Frese den Busfahrer getötet haben sollte, kam ihr in diesem Moment höchst unlogisch vor. Dennoch spielte er bei den Ermittlungen vermutlich eine wichtige Rolle – wenn auch anders, als sie und Enno zunächst angenommen hatten. Mit Frese würde sie später in Ruhe reden. Nun aber hatte Mona erst einmal mit Ella Zäuner ein Hühnchen zu rupfen. Die Verdächtige hatte äußerlich regungslos wahrgenommen, dass die Kinder nach ihren Namen befragt worden waren.

»Dann will ich euch nicht länger stören, eure Burg wird ja wirklich riesig«, sagte die Kommissarin mit gespielter Munterkeit zu den Kleinen, bevor sie sich Ella Zäuner vorknöpfte.

»Können Sie mir erklären, warum *Ihre* Kinder Pia und Lars Frese heißen?«, fauchte sie halblaut und mit nur mühsam unterdrücktem Zorn. Die Verdächtige reagierte schulterzuckend: »Ich weiß gar nicht, was Sie von mir wollen, Frau Sander. Ich habe nie behauptet, die Mutter dieser beiden liebenswerten Rabauken zu sein.«

Tatsächlich hatte sie den Ermittlern gegenüber nie von »ihren« Kindern gesprochen, aber das war in Monas Augen nur Haarspalterei.

»Und wie kommt es, dass Pias und Lars' Vater *Sie* im Auge behält? Er behauptet, dass Sie die beiden entführt hätten.«

Ella Zäuner zuckte mit den Schultern: »Ja, Frese sucht die Schuld immer gern bei anderen und nicht bei sich selbst. Ich kann nur vermuten, aus welchem Grund er uns verfolgt. Vor einigen Wochen hat er einen Prozess zum Thema Umgangsrecht gegen seine Ex-Frau Rabea Frese krachend verloren. Er darf die Kinder nur noch alle Jubeljahre sehen, und eine Amtsperson muss dabei anwesend sein. Und um Ihrer nächsten Frage zuvorzukommen: Rabea geht es gut, ich habe sie nicht getötet und in den Dünen vergraben. Vielmehr leidet sie unter Migräne und muss momentan viel Zeit in unserem abgedunkelten Hotelzimmer verbringen. Sie ist nämlich meine beste Freundin, wir gönnen uns hier zusammen mit den Kindern eine Auszeit. Und ich habe es übernommen, die beiden zu bespaßen.«

Die Kommissarin warf ihr einen misstrauischen Blick zu. Diese Angaben ließen sich später natürlich objektiv überprüfen, aber eine

Frage konnte Mona sofort stellen. Sie wandte sich noch einmal an die kleinen Baumeister: »Ich muss euch noch mal stören. Wo ist denn eigentlich eure Mama?«

»Mama hat schlimmes Kopfweh, sie muss viel schlafen«, sagte Pia mit ernstem Gesichtsausdruck. Und ihr Bruder ergänzte: »Tante Ella passt auf uns auf.«

Die Kommissarin bedankte sich.

»Wir sprechen uns noch«, sagte sie mit drohendem Unterton in der Stimme zu Ella Zäuner. Erst jetzt bemerkte sie, dass Holger Frese hinter ihrem Rücken mit Winken versucht hatte, die Aufmerksamkeit der Kinder zu erlangen. Sie kehrte zu ihrem Kollegen und dem Verdächtigen zurück.

»Herr Frese wollte den Kleinen etwas zurufen«, meinte Enno lächelnd, »aber ich konnte ihn davon überzeugen, sich nicht noch mehr in Schwierigkeiten zu bringen.«

Mona nickte und suchte Augenkontakt mit Frese: »Ich schlage vor, dass Sie uns zur Wache begleiten. Dort können wir alles in Ruhe besprechen. Wir müssen zunächst klären, ob Ihre Vorwürfe Hand und Fuß haben – indem wir nämlich mit der Kindsmutter reden.«

Diese Ansage schien ihm überhaupt nicht zu behagen. Aber immerhin versuchte er nicht, noch einmal wegzulaufen. Da Frese auch keinen Widerstand leistete, verzichteten die Ermittler darauf, ihm Handschellen anzulegen. Nachdem sie zum Auto gegangen waren, nahm Enno zusammen mit dem Verdächtigen auf dem Rücksitz Platz, während Mona sich ans Steuer setzte.

»Hast du den Herrn über seine Rechte belehrt, Enno?«

»Selbstverständlich.«

»Was werfen Sie mir denn eigentlich vor? Ich habe niemanden getötet, wie oft soll ich das noch wiederholen?«, gab Frese quengelnd von sich.

»Es steht auf jeden Fall der Verdacht auf Nachstellung im Raum«, sagte Mona, »und inwieweit Sie mit dem Tötungsdelikt zu tun hatten, wird sich zeigen.«

Die Fahrt zur Polizeistation verlief nach diesem kurzen Wortwechsel schweigend. Nachdem sie dort ankamen, führte der Oberkommissar den Verdächtigen in den Verhörraum.

»Ich komme gleich nach, muss noch kurz telefonieren.«

Mit diesen Worten ging Mona in ihr Büro und rief beim *Dünenhotel* an. Sie bat darum, zum Zimmer von Rabea Frese durchgestellt zu werden. Es dauerte nicht lange, bis sie eine matte Frauenstimme hörte.

»Ja, wer spricht da?«

»Moin, ich bin Kommissarin Sander von der Polizei Borkum ...« Rabea Frese fiel ihr ins Wort, sie klang nun verängstigt und schrill: »Ist meinen Kindern etwas zugestoßen?«

»Keine Sorge, Pia und Lars geht es gut. Ich habe noch vor zwanzig Minuten persönlich mit ihnen gesprochen. Und auch mit Ella Zäuner. Können Sie mir sagen, in welchem Verhältnis Sie zu dieser Frau stehen?«

»Verhältnis?« Das Wort schien die junge Mutter zu irritieren. »Ella ist meine beste Freundin, falls Sie das meinen. Sie hat mir während der schweren Zeit von Trennung und Scheidung beigestanden. Mein Ex-Mann ist krankhaft eifersüchtig und sehr besitzergreifend. Er hat mich terrorisiert – und wegen seines Verhaltens sieht er beim Umgangsrecht ziemlich schwarz. Wir machen hier auf der Insel gemeinsam Urlaub, leider hat mich momentan eine Migräneattacke niedergestreckt.«

»Ich wünsche Ihnen schon mal gute Besserung. – Ihr Ex-Mann befindet sich ebenfalls auf Borkum, er hat Ella und die Kinder offenbar kontinuierlich beobachtet.«

»Das darf er gar nicht! Unternehmen Sie etwas, Frau Sander!«

»Keine Sorge, Holger Frese sitzt bei meinem Kollegen hier auf der Wache. Wir werden dafür sorgen, dass Ihren Kindern und Ihrer Freundin nichts geschieht.«

Mona ließ sich noch das Aktenzeichen des Prozesses geben, um die Angaben zu überprüfen. Schließlich konnte jeder am Telefon behaupten, das Verfahren für sich entschieden zu haben. Sie hatte zwar bei Rabea Frese ein gutes Gefühl – es war trotzdem besser, sich zu vergewissern.

»Hat denn dieser Albtraum nie ein Ende?«

Mona wusste nicht, ob die junge Mutter eine Antwort auf ihre Frage erwartete. Die Kommissarin sagte: »Ich halte Sie auf dem Laufenden.«

Sie legte den Hörer auf und ging in den Verhörraum hinüber. Nun war sie in der besten Stimmung, um sich Frese vorzuknöpfen.

»Sie haben also den Prozess wegen des Umgangsrechts gegen Ihre Ex-Frau verloren«, stellte sie fest, wobei sie auf einleitende Worte verzichtete. Der Verdächtige saß vornübergebeugt an dem Tisch –

51

so, als ob er eine schwere Last auf seinen Schultern hätte. Mona und Enno hatten ihm gegenüber Platz genommen. Den Kopf hatte er gesenkt. Aber nun hob er sein Kinn und schaute Mona direkt in die Augen. Er wirkte trotzig.

»Man hat mir verboten, Pia und Lars zu treffen – aber ich wollte die beiden einfach nur sehen. Können Sie das nicht verstehen, Frau Sander? Haben Sie keine Kinder?«

Mona presste die Lippen aufeinander. Sie würde ganz gewiss nicht auf eine so persönliche Frage antworten – ganz abgesehen davon, dass dieses Thema sie momentan stark beschäftigte – wenn auch nur innerlich. Sie hatte bisher noch mit niemandem darüber gesprochen – nicht mit ihrem Mann und auch nicht mit Enno. Leider verfügte Mona – im Gegensatz zu vielen anderen Frauen – nicht über eine beste Freundin, der sie ihr Herz ausschütten konnte. Sie war eben bedauerlicherweise kein Mensch, der leicht Beziehungen aufbauen konnte. Diese Umstände trugen nicht dazu bei, ihre Laune zu verbessern.

»Hier geht es nicht um mich!«, grollte sie, »und Ihnen sollte allmählich der Ernst Ihrer Lage bewusst werden, Herr Frese. Der Fahrer des Busses, in den Sie vor wenigen Stunden eingestiegen sind, wurde erstochen. Und wir möchten herausfinden, welche Rolle Sie bei diesem Verbrechen gespielt haben!«

Die Heftigkeit ihrer Worte brachte den Verdächtigen aus dem Konzept. Er stammelte: »Ja, ich bin mit dem Stadtbus gefahren. Aber ich habe bestimmt niemanden getötet.«

Nun schaltete sich Enno ein: »Lassen Sie uns ganz von vorn beginnen, Herr Frese. Wir wissen, dass Sie an der Busstation beim Flugplatz gewartet haben. Wie kam es dazu?«

»Ich hatte herausgefunden, dass meine Ex und diese falsche Schlange Ella Zäuner mit den Kindern Urlaub auf Borkum machen wollten ...«

Mona unterbrach ihn: »Und wie sind Sie dahintergekommen? Ihre geschiedene Frau wird Ihnen wohl kaum ihre Ferienanschrift genannt haben.«

Frese verzog den Mund zu einem schiefen Grinsen.

»Nee, natürlich nicht. – Ich habe immer noch einige gemeinsame Bekannte. Wenn man da die richtigen Fragen stellt, dann findet man schon heraus, was man wissen will. – Jedenfalls ist dieses *Dünenhotel* ja ziemlich abgelegen, außer dem Flughafen sucht man andere Gebäude in der Nähe vergebens. Um den Spielplatz unauffällig im Auge zu behalten, bietet sich nur die Bushaltestelle an. Und da ich weiß, dass meine Kinder gern draußen toben, musste ich nicht lange warten, bis ich sie sehen konnte.«

Seine Gesichtszüge wurden weicher und seine Stimme klang beinahe zärtlich, als er über Pia und Lars sprach. Mona zweifelte nicht daran, dass die beiden sehr wichtig für ihn waren. Trotzdem hatte er nicht das Recht, sich über das Urteil hinwegzusetzen.

»Ab wann waren Sie heute Morgen an dieser Haltestelle?«, wollte der Oberkommissar wissen.

»Ich habe nicht auf die Uhr geschaut, es muss so gegen 9 Uhr gewesen sein«, lautete die Antwort.

»Wie sind Sie überhaupt dorthin gekommen?«

»Mit meinem Pkw, Herr Moll. Ich bin gestern Abend mit der Autofähre angereist und habe im Wagen übernachtet.«

»Und wo hatten Sie geparkt? Beim Hotel oder beim Flugplatz?«, fragte Enno.

Frese schüttelte den Kopf: »Nee, das war mir zu riskant. Rabea und Ella wissen ja, was für ein Modell ich fahre. Darum habe ich meinen Wagen auf dem Parkplatz an der Ostfriesenstraße zurückgelassen, also eine Busstation weiter.«

»Als ein Bus kam, sind Sie nicht eingestiegen, sondern haben den nächsten genommen. Aus welchem Grund?«, bohrte die Ermittlerin nach.

»Ich hatte eigentlich vor, den ersten Bus nehmen«, behauptete der Verdächtige, »aber genau in dem Moment rief mich mein Rechtsanwalt an. Ich wollte nicht in Gegenwart von Fremden mit ihm telefonieren, also verzichtete ich zunächst auf die Fahrt. Nachdem das Gespräch vorbei war, stieg ich in den nächsten Bus.«

»Wohin fuhren Sie?«

»Zu meinem Auto, Frau Sander. Ich hatte noch einige Unterlagen im Pkw, die der Jurist benötigte.«

Mona hatte sich zwischenzeitlich ein wenig beruhigt, aber nun wurde sie erneut sauer: »Ich kann es nicht ausstehen, wenn man sich über uns lustig macht! Der Bus, mit dem Sie unterwegs waren, fuhr zum Inselbahnhof und zum Hafen – also genau in die entgegengesetzte Richtung zum Parkplatz an der Ostfriesenstraße!«

»Ich habe Sie nicht verschaukelt«, verteidigte Frese sich, »als ich meinen Irrtum bemerkte, bin ich gleich an der nächsten Station – nämlich Bantjedünen – ausgestiegen und zurückgefahren.«

Ob diese Behauptung stimmte? Zumindest das Telefonat mit dem Anwalt würde sich mithilfe der Einzelgesprächsnachweise überprüfen lassen. Die Kommissarin sagte: »Dann sind Sie also nur eine Station weit mitgefahren. Wer war denn außer Ihnen noch an Bord?«

»Nur ein Pärchen, Mann und Frau. Und natürlich der Fahrer.«

»Wie kommen Sie darauf, dass die beiden Personen zusammengehörten?«

»Das habe ich angenommen, Herr Moll. In dem Bus war ja reichlich Platz, und trotzdem saßen die zwei einträchtig nebeneinander. So wie Rabea und ich früher, bevor unsere Ehe in die Binsen gegangen ist ...«

Der Verdächtige schien noch nicht über seine Ex hinweggekommen zu sein. Mona fragte: »Können Sie die beiden Passagiere genauer beschreiben?«

»Der Mann trug eine rote Baseballkappe, von seinen Haaren habe ich nichts gesehen. Vielleicht war er glatzköpfig, ich weiß es nicht. Über die Hose kann ich nichts sagen, aber er hatte ein helles T-Shirt an. Weil seine Haut ebenfalls sehr blass war, sah das etwas gruselig aus. Die meisten Leute hier auf der Insel sind ja mehr oder weniger stark sonnengebräunt. Die Haare der Frau waren schulterlang, ich würde sie als kastanienbraun bezeichnen. Sie hatte ein gemustertes Oberteil an und sie hielt einen knallgelben Rucksack auf ihren Knien. Mehr ist mir nicht aufgefallen. Als ich merkte, dass der Bus in die andere Richtung fuhr, bin ich wie gesagt gleich wieder ausgestiegen.«

»Haben sich die zwei Personen miteinander unterhalten? Konnten Sie vielleicht ein paar Worte aufschnappen?«, wollte der Oberkommissar wissen.

»Die beiden waren stumm wie Austern«, behauptete der Verdächtige, »ich habe allerdings auch nicht besonders auf sie geachtet.«

Mona führte sich die Situation im Bus vor Augen. Kappel war ja selbst unsicher gewesen, ob sich zwei oder drei Passagiere an Bord befunden hatten. Es war also durchaus vorstellbar, dass nur das Pärchen im Bus war, als dieser durch den Geusenweg fuhr. Immerhin hatte Frese die rote Mütze erwähnt, die auch Kappel und der Bedienung aus dem Ostland aufgefallen war.

»Würden Sie uns bei der Anfertigung von Phantomzeichnungen der zwei Personen helfen?«, wollte Enno wissen. Und Mona fügte hinzu: »Wenn Sie kooperieren, könnte ich glatt vergessen, dass Sie vorhin einfach abgehauen sind.«

»Ich habe mir nichts vorzuwerfen – ich dachte einfach, dass Ella Zäuner Ihnen Lügen über mich aufgetischt hat. Jedenfalls kann ich gern helfen, obwohl ich nicht viel gesehen habe.«

Wie oft willst du das eigentlich noch wiederholen?, dachte die Kommissarin. Er betonte für ihren Geschmack ein bisschen zu oft, wie wenig er mitbekommen haben wollte. Sie hielt nicht viel von Phantombildern, obwohl sie einen Lehrgang zur Anfertigung solcher Skizzen am Computer gemacht hatte. Nachdem Frese sich mit dem Vorschlag ihres Kollegen einverstanden erklärt hatte, würde sie wohl in den sauren Apfel beißen müssen. Zusammen mit den beiden Männern ging sie in ihr Büro hinüber, wo sie sich an den PC setzte und das Zeichenprogramm aufrief. Eine halbe Stunde lang schob sie mit Freses Hilfe verschiedene grafisch dargestellte Augenbrauen, Münder, Augen, Ohren und andere Merkmale hin und her. Schließlich kam ein Ergebnis dabei heraus, das Frese halbwegs zufriedenstellte: »Ja, so könnte das Pärchen wirklich ausgesehen haben.«

»Eine weitere Frage habe ich noch: Waren Sie heute – oder an einem anderen Tag – in der *Pension Gotland*?«

Frese schaute die Kommissarin völlig perplex an, schüttelte heftig den Kopf: »Nee, der Name sagt mir nichts. Ich habe ja selbst auch gar keine Ferienadresse hier, sondern in meinem Auto gepennt.«

Mona grinste breit und stand von ihrem Stuhl auf.

»Schön, dann hat Ihr Aufenthalt auf Borkum ja doch noch etwas Positives gebracht. Wir werden überprüfen, ob Sie vorhin wirklich mit Ihrem Anwalt gesprochen haben. Dafür benötigen wir natürlich seine Nummer – ich will nicht auf die Einzelverbindungsnachweise Ihres Mobilfunkanbieter warten müssen. Und hiermit erteile ich Ihnen einen Platzverweis, der für die gesamte Insel gilt. Am besten setzen Sie sich in Ihren Wagen und fahren Richtung Festland, die nächste Autofähre müssten Sie eigentlich noch erwischen.«

Sie schaute demonstrativ auf ihre Armbanduhr. Frese fiel aus allen Wolken: »Sie verbannen mich von Borkum – nachdem Sie gerade wichtige Informationen von mir erhielten?!«

»Dass Sie Ihre Ex-Frau und die Kinder in den Urlaub verfolgt haben, kann Ihnen als Nachstellung ausgelegt werden«, erklärte Enno, »es ist daher in Ihrem eigenen Interesse, wenn Sie möglichst viel Abstand zwischen sich und diese Personen bringen.«

Frese wirkte nicht begeistert, aber er fügte sich. Wie ein geschlagener Boxer trottete er aus der Wache. Auch Mona schien missmutig zu wirken, während sie die ausgedruckten Phantombilder betrachtete. Enno legte eine Hand auf ihre Schulter: »Bist du nicht zufrieden mit deinen Kunstwerken?«

»Ich finde, die beiden sehen aus wie Ernie und Bert aus der Sesamstraße. – Glaubst du wirklich, dass diese Grafik uns bei der Mörderjagd hilft?«

»Zumindest indirekt«, meinte der Oberkommissar lachend, »denn bei der Pressekonferenz macht es sich immer gut, wenn wir etwas Konkretes vorzeigen können. Oltbeck wird zufrieden sein, weil wir in so kurzer Zeit so viel herausgefunden haben.«

»Du bist wirklich ein Fuchs«, meinte seine Kollegin augenzwinkernd, »und immerhin können wir Frese jetzt als Mordverdächtigen ausschließen. Ich kann bei ihm kein Motiv für die Tötung des Busfahrers erkennen. Was meinst du?«

»Freses alleiniges Interesse hat seinen Kindern gegolten«, vermutete Enno, »ich verstehe allerdings nicht, warum Ella Zäuner uns nicht von vornherein die Wahrheit gesagt hat. Sie *kannte* Frese und wollte uns wissentlich auf eine falsche Spur führen.«

»Ja, und da ist sie nicht die Einzige«, stellte die Kommissarin grimmig fest. Sie fuhr fort: »Lohfink hat es ebenfalls geschafft, uns ein X für ein U vorzumachen. Da Frese mit Bunge nichts zu schaffen hatte, wird er wohl auch nicht in der *Pension Gotland* herumgegeistert haben. Das ist völlig unlogisch. Außerdem: Frese trug immer noch dasselbe Hemd wie auf dem Foto, das Ella heute Morgen gemacht hat – übrigens konnte ich keinen einzigen Blutfleck auf dem Kleidungsstück sehen.«

»Ich auch nicht«, stimmte Enno zu, »und Lohfink hat behauptet, dass Frese bei seiner Stippvisite in Bunges Unterkunft anders gekleidet gewesen wäre. Ich möchte wissen, warum er so gehandelt hat.«

»Wir sollten Zeit sparen und uns die beiden ›falschen Fuffziger‹ parallel zur Brust nehmen«, schlug Mona vor, »wie wäre es, wenn du Lohfink ins Gebet nimmst und ich mich mit meiner speziellen Freundin Ella Zäuner befasse? Danach können wir uns wieder hier treffen. Allzu viel Zeit bis zu dem verflixten Medientermin bleibt sowieso nicht mehr.«

»Ja, so machen wir es.«

Der Oberkommissar nahm den Wagen, während seine Kollegin sich auf ihr Fahrrad schwang. Zuvor hatte sie Ella Zäuner angerufen und sich vergewissert, dass das »Kindermädchen« sich noch mit dem Nachwuchs von Rabea Frese am Strand aufhielt. Mit dem Rad benötigte man von der Wache bis zum »Jugendbad« ungefähr zehn Minuten. Während sie auf der Hindenburgstraße in die Pedale trat, blieb ihr Zeit zum Nachdenken und eine Zwischenbilanz. Solange das Tatmotiv im Dunkeln lag, glich die Mörderjagd der Suche nach einer Nadel im Heuhaufen.

Inzwischen muss man wohl von einem Täterpaar sprechen, dachte sie. Den eigentlichen Stich würde nur eine Person ausgeführt haben – die andere war entweder Mittäter oder zumindest Mitwisser. Ob Bunge seinen Mörder oder seine Mörderin gekannt hatte? Diese Möglichkeit kam der Kommissarin unwahrscheinlich vor. Hätte er in dem Fall nicht versucht, über Funk Hilfe zu holen? Als Frese in den Bus gestiegen war, hatten die beiden Verdächtigen dort friedlich gesessen. Oder war dies eine Lüge? Aber warum hätte er den Ermittlern etwas vormachen sollen? Und wie war es den Tätern später gelungen, ihr Opfer zum Abbiegen in den Geusenweg zu bringen? Durch Drohungen? Mona stellte diese Überlegung zurück. Sie parkte ihr Rad und ging zu Ella Zäuner, die sich mit den Kindern immer noch an derselben Stelle befand, wo sie zuvor gelagert hatte. Sie winkte der Kommissarin zu, als ob sie sich über das Eintreffen einer alten Freundin freute.

»Da sind Sie ja schon wieder! Haben Sie Frese eingebuchtet?«

Mona setzte sich neben sie auf das Badelaken. Es gab gute Gründe, auf diese Frau sauer zu sein. Die Behinderung einer Mord-untersuchung war schließlich kein Kavaliersdelikt. Doch eigentlich mochte sie Ella Zäuner, aber solche Gefühle konnten ihr schnell zum Verhängnis werden. Sie erinnerte sich mit Schaudern an den gewaltsamen Tod einer Tätowiererin, den sie vor kurzem aufgeklärt hatte. In dem Fall war sie von einer Freundschaft zwischen ihr und dem späteren Opfer ausgegangen – und im Nachhinein bitter enttäuscht worden.

»Nee, aber er wird die Insel im Eiltempo verlassen – wenn er weiß, was gut für ihn ist.« Mona machte eine kurze Gesprächspause und schaute Ella Zäuner direkt ins Gesicht: »Ich möchte jetzt erfahren, aus welchem Grund Sie unsere Ermittlungen wissentlich torpediert haben. Eine Morduntersuchung ist kein Spiel!«

»Ich habe das wegen Ihnen getan, Frau Sander«, gab die junge Frau lächelnd zurück.

Kapitel 8

Diese Aussage verblüffte die Kommissarin.

Sollte sie sich etwa spontan in mich verknallt haben?, dachte Mona und schaute unwillkürlich auf ihren Ehering. Es war, als ob Ella Zäuner ihre Gedanken gelesen hätte.

»Mein Geständnis dürfen Sie nicht missverstehen, ich will Sie nicht anbaggern. Aber ich wäre auch gern eine Ermittlerin, so wie Sie es sind – ich mag einfach gern Rätsel«, erklärte sie, »deshalb lese ich vorzugsweise Krimis, in denen wirklich knifflige Fälle zu lösen sind. Und als Sie und Ihr Kollege vorhin auf dem Spielplatz erschienen, sah ich die einmalige Gelegenheit, mich an einer Ermittlung zu beteiligen ... Apropos: Wo ist eigentlich Herr Moll abgeblieben?«

Das werde ich dir gerade auf die Nase binden!, schoss es Mona durch den Kopf. Ellas Unverfrorenheit machte sie für den Moment sprachlos, was bei ihr nicht häufig vorkam.

»Darum müssen Sie sich nicht kümmern!«, fauchte die Kommissarin, »und wir veranstalten hier kein Krimi-Diner oder Ähnliches, sondern arbeiten mit Hochdruck an der Verhaftung eines Mörders. Und das Letzte, was wir gebrauchen können, sind Amateure, die uns dazwischenfunken.«

Ella Zäuner hatte die Beine angezogen und ihre Arme um die Knie geschlungen. Sie schaute Mona von der Seite an: »Ich mag Sie wirklich, Frau Sander – Sie sagen, was Sie denken und machen aus Ihrem Herzen keine Mördergrube. Wollen wir uns nicht duzen? Altersmäßig liegen wir doch kaum auseinander. Ich bin einunddreißig – und Sie?«

Mona wurde von widersprüchlichen Emotionen geplagt. Einerseits hatte sie Ella schon bei ihrer ersten Begegnung auf Anhieb sympathisch gefunden, ohne es näher begründen zu können. Andererseits machte diese Frau sie aggressiv, weil die Zeugin völlig grundlos die Nachforschungen in eine falsche Richtung gelenkt hatte. Oder – hatte sie eine geheime Motivation, die sich der Ermittlerin noch nicht erschloss?

»Duzen? Vergessen Sie es! Wollen Sie vielleicht auch noch meine Schuhgröße erfahren?«, höhnte die Kommissarin. Sie war auf Borkum mit vielen Einwohnern per Du. Es handelte sich um Menschen, die sie teilweise schon seit Jahren kannte und mit denen sie beruflich oder privat regelmäßig zu tun hatte. Aber diese plumpe

Vertraulichkeit, mit der Ella Zäuner ihr begegnete, war ganz und gar nicht nach ihrem Geschmack. Vor allem fragte sie sich, ob diese Frau ihr aus purer Berechnung so interessiert entgegentrat.

Was führt Ella Zäuner im Schilde?, dachte Mona.

»Sie sind wirklich böse auf mich, das habe ich nicht gewollt«, murmelte das *Kindermädchen.* Sie gab sich reumütig, aber die Kommissarin traute ihr nicht. Da Mona nichts erwiderte, redete Ella Zäuner einfach weiter: »Ich habe nicht gelogen, Frese ließ wirklich einen Bus wegfahren, bevor er in den nächsten gestiegen ist. Ich erwähnte nur einfach nicht, dass ich seinen Namen kenne.«

»Dann hätte sich nämlich schnell herausgestellt, dass es zwischen ihm und dem Mordopfer keine Verbindung gibt«, stellte Mona gallig fest, »er scheint wirklich nur wegen seiner Kinder auf die Insel gekommen zu sein.«

»Es tut mir auch wirklich leid, dass ich mich so kindisch benommen habe«, beteuerte Ella Zäuner und fuhr fort: »Bisher habe ich noch nie eine echte Kriminalkommissarin kennengelernt … ich dachte, dass ich Ihnen bei den Ermittlungen helfen könnte.«

»Indem Sie mir wichtige Informationen vorenthalten?«, hakte Mona nach. Diese Dreistigkeit machte sie fassungslos. So kühl wie möglich fügte sie hinzu: »Ich wollte Ihnen nur persönlich sagen, dass Sie sich auf ein Ermittlungsverfahren wegen Behinderung der Justiz einstellen können. Das ist momentan allerdings nachrangig, weil die Verhaftung des Mörders absolute Priorität hat.«

»Vielleicht haben Sie später dann auch schon vergessen, dass ich ein böses Mädchen gewesen bin«, meinte Ella Zäuner augenzwinkernd.

Nimmt die mich eigentlich überhaupt nicht ernst?, dachte Mona. Sie stand auf und sagte: »Wenn Sie einen guten Rat bekommen wollen: Halten Sie ab sofort den Ball flach. Und überlassen Sie die kriminalistischen Ermittlungen den Profis – andernfalls sperre ich Sie wegen Behinderung der Justiz für eine Nacht in die Arrestzelle. Meinetwegen können Sie sich weiterhin in Krimischmöker vertiefen, dadurch richten Sie wenigstens keinen Schaden an. – Und nun muss ich weiter, für diese Albernheiten fehlt mir die Zeit.«

»Wir sehen uns, Frau Sander!«, rief Ella Zäuner und winkte ihr augenzwinkernd zu, als die Kommissarin aufstand und sich ein paar Schritte entfernte. Die Gardinenpredigt schien ziemlich wirkungslos an der Frau abgeperlt zu sein.

»Kinder, sagt Tante Mona auf Wiedersehen!«, rief Ella Zäuner. Pia und Lars waren nach wie vor in ihr umfangreiches Sandbauprojekt vertieft. Sie blickten nur kurz auf und schauten in Richtung der Ermittlerin.

»Tschü – hüüss!«, plärrten sie fröhlich wie aus einem Mund.

Tante Mona? Gehts noch?!, dachte die Kommissarin. Sie stiefelte durch den weichen Sand zu ihrem Fahrrad zurück. Wie es wohl wäre, wenn man ständig ein kleines Mädchen oder einen kleinen Jungen an der Seite hätte? Mona war zunächst, wie selbstverständlich, davon ausgegangen, dass es sich bei Ella Zäuner um die Mutter der beiden Kinder handelte. Sie schienen ihr zu vertrauen, und das Verhältnis zwischen ihnen schien gut zu sein.

Ob ich wohl eine gute Mutter wäre? Bevor sie diese Überlegung vertiefen konnte, klingelte ihr Smartphone. Erleichtert über die Unterbrechung nahm sie das Gespräch an.

»Enno, was gibt es?«

»Nichts Gutes, fürchte ich. Lohfink muss geahnt haben, dass ich ihn auf seine unwahre Zeugenaussage ansprechen wollte. Als ich damit begann, die Widersprüchlichkeit zu erklären, sprang er auf und verbarrikadierte sich in seinem Pensionszimmer. Ich könnte natürlich die Tür eintreten, aber ...«

»... dann müssten wir sie auf Kosten der niedersächsischen Steuerzahler ersetzen lassen«, vollendete Mona seinen Satz. Sie fügte hinzu: »Ich komme gleich zu dir rüber, lass es mich mit weiblichem Charme probieren. Das hat bei Heiner Kappel ja auch gut geklappt.«

»Ich vertraue auf dich«, erwiderte der Oberkommissar schmunzelnd und beendete das Telefonat. Sie fuhr Richtung Ortskern, wobei sie durch die kräftige Brise von der Nordsee zusätzlich Rückenwind bekam. Auf Borkum wehte es ständig, mal mehr und mal weniger stark. Während sie die *Pension Gotland* ansteuerte, dachte die Ermittlerin über Arndt Lohfink nach. Was ging nur in solchen Leuten vor? Es war vermutlich Zeitverschwendung, sich darüber den Kopf zu zerbrechen. Vielleicht wusste er selbst nicht so genau, was ihn zu seinem Handeln getrieben hatte. Als Mona die Urlaubsunterkunft erreichte, fand sie dort Enno im Frühstücksraum vor, der inzwischen fast leer war. Alle Tische sowie das Büfett waren abgeräumt worden. Der Oberkommissar saß dort mit Lotte Lohfink, die äußerlich ziemlich unbeeindruckt von den Ereignissen wirkte. Sie schien benommen zu sein, als ob sie unter Drogen oder Medikamenten stehen würde. Mona war erleichtert, dass ihr Ehemann sie wenigstens nicht als Geisel genommen hatte. Manche Menschen reagierten völlig irrational, wenn man sie bei einem Fehlverhalten erwischte. Enno deutete auf seine Kollegin, als sie eintrat: »Am besten erzählen Sie Frau Sander noch einmal, was Sie mir soeben mitgeteilt haben.«

Lotte Lohfink zuckte mit den Schultern: »Arndt ist ein Mann, der gern im Mittelpunkt steht. Das passiert allerdings so selten, dass man sich solche Tage rot im Kalender anstreichen könnte. Er wird im Zweifelsfall eher übersehen als wahrgenommen. Und als Sie vorhin wegen der Mordermittlung hier erschienen sind, erkannte er wahrscheinlich die Chance, sich wichtigmachen zu können.«

»Also halten Sie es für unwahrscheinlich, dass der Mann auf dem Foto hier in der Pension erschienen ist?«, hakte Mona nach.

»Wie gesagt – ich saß mit dem Rücken zum Flur. Ich will Arndt auch nichts unterstellen. Aber als Herr Moll zu ihm sagte, dass Zweifel an der Richtigkeit seiner Aussage aufgekommen seien, da ist er sofort aufgesprungen und hat sich in unserem Zimmer eingeschlossen.«

»Ich werde ihm mal auf den Zahn fühlen.«

Mit diesen Worten verließ die Kommissarin den Frühstücksraum und ging zum Zimmer des Ehepaars, vor dem Svenja Oltmanns wie eine Schildwache stand.

»Ich habe mit Engelszungen geredet, aber der Gast stellt sich stur«, berichtete sie. »Wenn es nach mir geht, kann das Ehepaar noch heute abreisen. Ich wollte die Tür mit dem Generalschlüssel öffnen, aber Lohfinks Schlüssel steckt von innen im Schloss.«

»Schauen wir, was ich ausrichten kann«, murmelte Mona. Dann klopfte sie mit dem Fingerknöchel an das Türholz und hob ihre Stimme: »Herr Lohfink? Hier ist Kommissarin Sander. Schließen Sie bitte mal auf? Ich will nur mit Ihnen reden.«

Einen Moment lang rührte sich drinnen nichts. Man hätte glauben können, dass niemand in dem Zimmer war. Aber dann antwortete der Zeuge.

»Ich habe Ihnen nichts zu sagen. Wenn Sie und Ihr Kollege an meiner Aussage zweifeln, dann muss ich dies akzeptieren. Aber ich weiß, was ich gesehen habe!«

Mona versuchte, ihm eine goldene Brücke zu bauen: »Die Aufnahme, die wir vorhin herumgezeigt haben, ist leider ziemlich unscharf. Da kann es passieren, dass man sich einfach irrt. Das ist mir auch schon passiert.«

»Ich stehe zu meinen Worten. Es ist ehrverletzend, dass Sie mich einen Lügner nennen!«

»Das hat niemand getan, Herr Lohfink. – Wissen Sie, was mir heute Morgen passiert ist? Ich hätte beinahe einen Anruf nicht ernst genommen, der dann aber letztlich doch zur Entdeckung des Busses mit dem toten Fahrer führte … Es ist lästig, das alles durch die Tür hindurch erklären zu müssen. Könnten Sie bitte aufmachen? Ich verspreche auch, dass ich Sie nicht festnehme.«

Für eine Verhaftung gab es ohnehin keine Handhabe, zumal Lohfink vermutlich nicht vorbestraft war und über einen festen Wohnsitz sowie eine Arbeitsstelle verfügte. Dies waren Dinge, die Mona nicht wusste, sondern vermutete. Meistens lag sie mit ihren Einschätzungen richtig.

Außer am heutigen Tag, wo ich gleich auf zwei Schaumschläger hereingefallen bin, dachte sie mit einem Anflug von Selbstironie.

»Ich weiß nicht …«, murmelte Lohfink. Er schien schon fast überzeugt zu sein, benötigte nur noch einen kleinen Schubser.

»Mein Chef macht mich zur Schnecke, wenn ich keine Ergebnisse liefere … bitte helfen Sie mir!«

Mona präsentierte sich selbst nicht gern als Weibchen, das auf männliche Unterstützung angewiesen war. Aber in diesem Fall erwies sich ihre List als höchst erfolgreich. Lohfink war ein kleiner Kerl; es gab nicht viele Frauen, die er von der Körperlänge her überragte. Aber auf die ziemlich kurz geratene Kommissarin konnte er zweifellos herabblicken. Ob dadurch sein Beschützerinstinkt geweckt wurde? Mona wusste es nicht. Tatsache war, dass er den Schlüssel im Schloss drehte und gleich darauf die Tür öffnete. In Lohfinks Blick flackerte die Furcht. In diesem Moment tat er der Kommissarin fast leid. Aber er hatte Unsinn gemacht, und dafür musste er sich jetzt verantworten.

»Nun lassen Sie mich schon herein«, sagte sie mit einem charmanten Lächeln auf den Lippen, »ich beiße nicht.«

Lohfink konnte ihr nicht in die Augen sehen. Er gab die Tür frei, und Mona betrat das Pensionszimmer. Sie drehte sich halb um die eigene Achse und baute sich dann vor dem vermeintlichen Zeugen auf: »Wir haben den Mann befragt, der auf dem Foto zu sehen ist. Er konnte uns glaubhaft versichern, nicht hier im Haus gewesen zu sein. Und bei ihm können wir keinen Zusammenhang mit dem Mordopfer erkennen. Also: Nun mal *Butter bei die Fische*, wie man bei uns im Norden sagt.«

Lohfink trat von einem Bein auf das andere, als ob er dringend auf die Toilette müsste.

»Ich bin untröstlich, Frau Sander – aber ich hatte das Gefühl, diese Person wirklich schon einmal gesehen zu haben. Und ich wollte Ihnen helfen. Es ist doch bekannt, wie schwer und verantwortungsvoll Ihre Arbeit ist.«

Schleimen bringt dich jetzt auch nicht weiter, dachte sie und fragte: »Warum haben Sie behauptet, der Mann hätte die Oberbekleidung gewechselt?«

»Das war so eine Eingebung«, behauptete der vermeintliche Zeuge, »wenn ein Mord geschehen ist, dann wird der Täter doch versuchen, sein Aussehen zu verändern, oder?«

»Gelegentlich schon«, erwiderte Mona und wandte sich zum Gehen. Sie fügte hinzu: »Ich muss einen Bericht schreiben. Dann entscheidet die Staatsanwaltschaft, ob Sie sich auf eine Anklage wegen Behinderung der Justiz gefasst machen können. Ansonsten empfehle ich Ihnen, sich von unseren Ermittlungen fernzuhalten.«

Sie wollte das Zimmer schon verlassen, als Lohfink noch einmal den Mund öffnete: »Ich habe den Ermordeten übrigens gesehen!«

Die Kommissarin rollte mit den Augen und verharrte in ihrer Bewegung.

»Sie haben ihn gesehen, wie schön! Das ist ja nichts Ungewöhnliches, schließlich war er in der Pension ja Ihr Nachbar.«

»Ja, aber ich habe ihn gestern am Georg-Schütte-Platz bemerkt, als er seinen Bus lenkte und die vordere Tür öffnete – eine Frau stieg zu und sprach mit ihm.«

»Und warum halten Sie dies für erwähnenswert? Die Dame wird eine Fahrkarte gekauft haben«, gab Mona ungeduldig zurück.

»Ja, das dachte ich zuerst auch, Frau Sander. Aber die beiden gingen sehr vertraut miteinander um. Es kam mir so vor, als ob sie flirten würden.«

Ob Lohfink die Wahrheit sagte? Oder war dies nur ein neuer Versuch von ihm, sich aufzuspielen? Mona hakte nach: »Können Sie die Person genauer beschreiben?«

Der Zeuge kratzte sich am Kopf. Er schien krampfhaft darum bemüht zu sein, jetzt nichts Falsches zu sagen: »Sie ist ungefähr eins siebzig groß, mit schlanker Figur. Sie trug knielange weiße Leggings und darüber ein rostfarbenes kurzes Kleid ohne Ärmel. Ihre Haare fallen bis auf die Schultern, sie sind kastanienbraun.«

Kastanienbraun? Dieses Wort hatte sie erst kürzlich gehört – im Zusammenhang mit dem Pärchen aus dem Ostland. Die Kommissarin zeigte Lohfink das Phantombild der beiden Buspassagiere: »Kommt Ihnen eine der Personen bekannt vor?«

Er schaute längere Zeit auf das Blatt. Vermutlich überlegte er, ob die Polizei ihm aus einer neuerlichen Falschaussage einen Strick drehen würde. Schließlich rang sich Lohfink doch zu einer Antwort durch: »Ich bin mir ziemlich sicher, dass dies die Frau ist, mit der Bunge gesprochen hat. Aber den Mann auf dem Bild habe ich nicht gesehen.«

»Gut, dann belassen wir es dabei. Versuchen Sie einfach in Zukunft, bei der Wahrheit zu bleiben. Das zahlt sich längerfristig immer aus.«

Mona klopfte ihm aufmunternd auf die Schulter und ging ins Erdgeschoss hinunter. Enno und die Pensionswirtin schauten sie erwartungsvoll an.

»Herr Lohfink hat Vernunft angenommen, wir können wieder verschwinden«, sagte sie zu ihrem Kollegen und fügte hinzu: »Du kannst schon mal mit dem Auto zur Wache fahren, wir treffen uns dort. Ich muss noch kurz etwas erledigen und komme dann nach. – Ich weiß, dass uns nicht mehr viel Zeit bis zur Pressekonferenz bleibt, aber das schaffen wir.«

»Ich vertraue dir blindlings«, versicherte der Oberkommissar. Mona hatte sich nicht zu ihrem Extratermin geäußert, weil sie Enno überraschen wollte. Wenig später hatte sie ihre Besorgung gemacht und betrat die Polizeistation durch den Vordereingang.

»Du kommst mir wie gerufen!«, verkündete Grietje, die ihre Aufregung nur schwer verbergen konnte, »es ist mir nämlich wirklich gelungen, einen dieser Tastaturkrieger namentlich zu identifizieren. Sein Motto lautet ›Vergeltung für Flippo‹. Er hat eine ganze Homepage gebastelt, auf der es darum geht, Bunge plattzumachen.«

»Lass mich raten – Flippo wurde der junge Mensch genannt, der aufgrund eigener Unachtsamkeit vom Bus überrollt wurde.«

»Messerscharf kombiniert, Sherlockine Holmes«, gab die Polizeimeisterin lächelnd zurück, »und auch dieser selbst ernannte Rächer segelt unter falscher Flagge. Er nennt sich ›Todesengel 0.3‹. Hier ist ein Foto von dem Helden.«

Die Kommissarin war bereits zu ihrer Kollegin herübergekommen und schaute ihr über die Schulter. Auf dem Monitor war ein Maskierter zu sehen, der in Armeehose und mit nacktem Oberkörper sowie einer Softair-Waffe posierte.

»Seine Hühnerbrust kann mich nicht wirklich beeindrucken, er sollte sich lieber ›Spargeltarzan 0.3‹ nennen«, meinte Mona trocken. Grietje sagte lachend: »Ja, der Knabe lässt wirklich keine Frauenherzen höherschlagen! Schau mal auf den Hintergrund – er steht in einer Werkstatt, und auf dieser Fensterscheibe ist spiegelverkehrt der Name eines Installationsbetriebs mit Duisburger Telefonnummer zu erkennen. Ich vermutete, dass ›Todesengel 0.3‹ vielleicht nicht genügend kriminelle Energie hat, um für sein Poser-Bild irgendwo einzubrechen. Also nahm ich mit der Firma Kontakt auf und ließ meinen Charme spielen. Kurz gesagt: Es gibt momentan dort einen männlichen Auszubildenden, der sich hauptsächlich durch lange Fehlzeiten hervortut. Sein Name lautet Kai Sommer.«

»Und diese Informationen hat der Chef so bereitwillig herausgerückt?«, fragte Mona. Ihre junge Kollegin zuckte mit den Schultern: »Tja, was soll ich sagen? Als ich mich als Polizeibeamtin zu erkennen gab, wurde er höchst entgegenkommend. Vermutlich hofft er darauf, dass Sommer weggesperrt wird und er sich auf diese Art unkompliziert seines faulen Lehrlings entledigen kann.«

»Wenn der Verdächtige so gern die Ausbildung schwänzt, dann ist ihm auch ein Ausflug nach Borkum zuzutrauen, um seinem Image als ›Todesengel‹ gerecht zu werden«, dachte die Kommissarin laut nach. Sie fügte hinzu: »Könntest du bitte zur Touristeninformation hinübergehen und herausfinden, ob sich momentan ein Urlauber mit diesem Namen auf der Insel befindet?«

»Mit dem größten Vergnügen!«, versicherte Grietje. Mona wusste nicht so recht, was sie von den Nachforschungen der Polizeimeisterin halten sollte. Ob es sich bei Sommer um die männliche Person handelte, die in Begleitung der braunhaarigen Frau in den Bus gestiegen war? Auf jeden Fall musste die Spur weiterverfolgt werden. Jeder Inselbesucher musste einen Gästebeitrag entrichten, der zentral von der Touristeninformation registriert wurde. Daher konnte man dort erfahren, welche Personen sich momentan auf Borkum befanden. Während Grietje das Wachlokal verließ und zum Georg-Schütte-Platz eilte, setzte Mona den Weg zu ihrem eigenen Büro fort. Sie öffnete die Tür und hielt eine Brötchentüte hoch: »Das hier ist der Grund für meinen kleinen Umweg, Enno! Wenn Oltbeck uns heute schon unsere Mittagspause missgönnt, müssen wir trotzdem bei Kräften bleiben. Deshalb habe ich uns beim *Bösen Inselwolf* einige Fischbrötchen besorgt.«

So lautete der Name eines Supermarkts in Strandnähe, zu dem auch ein Imbissstand mit maritimen Spezialitäten gehörte. Das Gesicht des Oberkommissars verzog sich zu einem freudigen Lächeln: »Du bist doch die Beste!«

»Ich weiß«, gab sie augenzwinkernd zurück. Die Kommissarin hatte für jeden von ihnen zwei Fischbrötchen besorgt, belegt mit Matjes und Rollmops. Sie mussten sich keine Gedanken darüber machen, dass der Snack zu trocken sein könnte – Enno hatte Tee gekocht, wie er es immer tat, sobald er ins Büro kam. Also ließen sie sich die improvisierte Mahlzeit an ihren Schreibtischen schmecken.

»Es wird wohl immer jemanden geben, der uns die Pause missgönnt«, philosophierte Enno genüsslich kauend, »manche Leute glauben anscheinend, dass Polizisten nur von Luft und Liebe leben.«

Mona konnte ihrem Kollegen nur zustimmen. Sie hatte gerade in ihr Fischbrötchen gebissen und erfreute sich an dem krossen Teig in Kombination mit dem sauren Hering und der scharfen Zwiebel, die ihr die Tränen in die Augen trieb. Sie berichtete von Lohfinks neuer Aussage und Grietjes Ermittlungen. Der Oberkommissar hob die Augenbrauen: »Hältst du den Zeugen diesmal für glaubwürdig?«

»Lohfink konnte unmöglich wissen, dass eine Frau mit kastanienbraunem Haar im Ostland den Stadtbus benutzt hat, Enno. Sicher, diese Haarfarbe ist nicht so außergewöhnlich. Auf jeden Fall hat der Zeuge behauptet, dass diese Person schon gestern mit Bunge gesprochen hat. Also kannten sich die beiden, zumindest flüchtig. Der Busfahrer hatte keinen Grund für Misstrauen, als die Frau zusammen mit ihrem Begleiter im Ostland zugestiegen ist. Vielleicht hat er sich sogar gefreut – und konnte unmöglich ahnen, dass dieses saubere Pärchen sein Leben auslöschen würde!«

»Und was ist mit dem jungen Burschen, der sich als Rächer aufspielt und im Internet Morddrohungen gegen Bunge ausgestoßen hat?«

Bevor Mona die Frage ihres Kollegen beantworten konnte, wurde die Tür aufgerissen. Es gehörte zu Grietjes Eigenheiten, dass sie grundsätzlich nicht anklopfte, bevor sie einen Raum betrat. *Sie braucht eben immer ihren großen Auftritt,* dachte die Kommissarin lächelnd.

»Guten Appetit!«, trompetete die Polizeimeisterin. »Während ihr euch hier den Wanst vollstopft, war ich mal wieder fleißig. Und ihr werdet es nicht glauben: Ein Urlauber namens Kai Sommer hält sich seit gestern im *Logierhaus Stintfang* auf!«

Natürlich kannten Mona und Enno diesen Beherbergungsbetrieb. Es handelte sich um eine traditionsreiche Frühstückspension, zentral in der Wilhelm-Bakker-Straße gelegen. Das *Logierhaus Stintfang* gab es schon, seit die Nordseeinsel sich allmählich vom Walfang als hauptsächlicher Einnahmequelle verabschiedet und dem Tourismus zugewandt hatte. Seitdem war es immer wieder modernisiert und restauriert worden.

»Besten Dank, Grietje«, sagte die Kommissarin, während sie sich den letzten Bissen ihres Fischbrötchens in den Mund schob und einen Blick auf die Uhr warf. »Wir werden diesem Herrn später unsere Aufwartung machen. Oltbeck will um 18 Uhr eine Pressekonferenz abhalten, an der wir unbedingt teilnehmen müssen.«

Die Polizeimeisterin machte eine wegwerfende Handbewegung und seufzte theatralisch: »Wem sagst du das! Ich habe heute schon diverse Anrufe von Medienfritzen bekommen, die sich dafür angemeldet haben. Sogar eine Krimi-Podcasterin ist mit von der Partie, ist das zu glauben?«

»Der Chef will eben mit der Zeit gehen«, meinte Enno, der seine bescheidene Mahlzeit ebenfalls beendet hatte, »und Podcasts sollen angeblich sehr beliebt sein. Ich höre ja lieber den Landfunk.«

»Du bist ja auch schon mit einem Bein im Ruhestand.«

Mit diesen Worten drehte sich die freche Kollegin um und verschwand wieder. Mit ihrem Spruch hatte Grietje bei Mona einen wunden Punkt berührt. Wie sollte es weitergehen, wenn Enno pensioniert wurde? Sie und der Oberkommissar waren ein perfektes Team. Es erschien ihr kaum vorstellbar, mit einem anderen Kollegen auf Verbrecherjagd zu gehen. Aber jetzt war der falsche Zeitpunkt, um sich wegen ungelegter Eier Gedanken zu machen. Sie stand von ihrem Bürostuhl auf und sagte: »Wenn wir uns keinen Anpfiff von Oltbeck einhandeln wollen, müssen wir jetzt aufbrechen.«

»Als ob du dich jemals durch einen Rüffel stoppen lassen würdest«, meinte Enno, wobei er ihr zuzwinkerte. Tatsächlich hatte sich seine Kollegin in der Vergangenheit oft genug mit dem Vorgesetzten angelegt. Aber in letzter Zeit war sie ruhiger geworden, was vielleicht auch an ihrer Eheschließung mit Jan Lummer lag. Die beiden lebten jetzt mitsamt der Dogge Rufus in einem geerbten Friesenhaus und waren wegen der notwendigen Renovierung hoch verschuldet. Das Letzte, was Mona gebrauchen konnte, war eine Strafversetzung aufs Festland.

Kapitel 9

Das Borkumer Rathaus existierte in seiner jetzigen Form seit dem späten 19. Jahrhundert. Das stolze Backstein-Bauwerk im neoklassizistischen Stil war nicht nur Sitz der Verwaltung und des Stadtrats, dort fanden auch unterschiedliche kulturelle Veranstaltungen statt. Und weil die Polizeistation keinen Platz für eine Pressekonferenz bot, durften die Ordnungshüter für diesen Termin den Rathaussaal nutzen. Als Mona und Enno ihn betraten, war bereits ein Tisch an der Schmalseite aufgebaut und mit drei Mikrofonen versehen worden. Für die Pressevertreter hatte man ausreichend Stühle aufgestellt. Der Chef hatte bereits seinen Platz eingenommen. Er trug wie üblich Uniform. Aufgestellte Namensschilder informierten darüber, dass die Medienleute es mit *Kommissarin M. Sander*, *Oberkommissar E. Moll* und *Hauptkommissar H. Oltbeck* zu tun hatten.

»Da sind Sie ja«, stellte der Dienststellenleiter mit mildem Tadel in der Stimme fest, »ich befürchtete schon, dass ich hier eine *One-Man-Show* abliefern müsste.«

»Wir haben bis zur letzten Minute gearbeitet«, versicherte Mona mit einem treuherzigen Augenaufschlag, »und es gibt sehr konkrete Hinweise auf die Täter.«

Sie zeigte dem Chef das Phantombild von dem Buspassagier-Duo. Nun erschienen die ersten Journalisten in dem Saal. Schnell waren die Reihen in der Nähe der Ermittler besetzt. Mona nickte einigen Reportern zu, die sie von früheren Terminen kannte. Ein so spektakuläres Verbrechen auf einer ansonsten friedlichen Nordseeinsel hatte auch Kamerateams vom Festland auf den Plan gerufen. Die wenigen Lokalreporter gingen in der Menge beinahe unter. Nachdem sich der Saal gefüllt hatte, tippte der Chef gegen das Mikrofon: »Moin, wie man bei uns auf Borkum sagt. Einige von Ihnen werden wissen, wer ich bin – trotzdem stelle ich mich kurz vor. Mein Name ist Hinrich Oltbeck, und ich leite die hiesige Polizeiwache. Nachdem wir von dem Tötungsdelikt am heutigen Morgen erfuhren, haben meine fähigsten Mordermittler – Kommissarin Sander und Oberkommissar Moll – unverzüglich ihre Arbeit aufgenommen ...«

Er begann nun damit, die Fakten vorzutragen. Es ging um den Bus, die Abweichung von der normalen Fahrtroute sowie die tödliche

Stichverletzung. Oltbeck machte allerdings nicht den Fehler, die Art der Waffe zu erwähnen. Dass es sich um ein Küchenmesser handelte, verriet er nicht. Auch eine Ahle oder ein anderes spitzes Werkzeug wäre denkbar gewesen. Dies war Täterwissen, mit dessen Hilfe man später einen Verdächtigen überführen konnte. Nachdem der Vorgesetzte die wenigen bekannten Tatsachen mitgeteilt hatte, wandte er sich Mona zu: »Ich übergebe das Wort nun an meine junge Kollegin.«

Die Kommissarin hielt das Phantombild hoch.

»Aufgrund von Zeugenaussagen ist es uns gelungen, eine Beschreibung dieser beiden Personen anzufertigen. Wir gehen davon aus, dass sie in dem Bus gesessen haben, bevor es zu dem Mord an dem Fahrer kam. Es steht nicht fest, ob sie in die Straftat verwickelt sind – aber es ist äußerst wichtig, dass sie sich bei der Polizei melden. Ihre Aussagen können unsere Ermittlungen entscheidend voranbringen.«

Ein rundlicher Reporter mit struppigem Vollbart meldete sich: »Wie sicher können sich Borkum-Urlauber noch fühlen, wenn sie den Bus benutzen?«

»Wir gehen nicht davon aus, dass es weitere Taten in dieser Richtung geben wird.«

Mit diesen Worten versuchte Enno, Ruhe zu verbreiten. Aber für Mona stand fest, dass der Bartträger – sowie einige seine Kollegen – es möglichst auf effekthascherische Schlagzeilen abgesehen hatten.

»Wie können Sie so etwas mit Sicherheit behaupten? Ein Psychopath kann doch jederzeit wieder zuschlagen!«, rief der Journalist, der sich als Erster gemeldet hatte. Seine Empörung war entweder gut gespielt oder echt. Die Kommissarin tippte auf die erste Variante. Und sie konnte es überhaupt nicht leiden, wenn jemand Ennos Worte in Zweifel zog.

»Sind Sie nicht nur Journalist, sondern auch noch Nervenarzt?«, fauchte sie. »Wir haben mit keiner Silbe erwähnt, dass hier ein *Psychopath* sein Unwesen treiben könnte. Vielmehr gehen wir davon aus, dass der Tod des Busfahrers Karsten B. eiskalt geplant und durchgeführt wurde. Von einem willkürlich mordenden Täter kann keine Rede sein.«

»Warum hätte jemand den Fahrer umbringen wollen?«, fragte eine sehr junge Medienvertreterin mit langen blonden Haaren. Mona hätte sie eher für die Vertreterin einer Schülerzeitung gehalten. Der

Kommissarin lag die Frage auf der Zunge, ob sie überhaupt schon volljährig sei. Aber Mona durfte es sich mit den Medienleuten nicht zu sehr verscherzen. Oltbeck war gewiss ohnehin schon gereizt, weil sie dem Strubbelbart so über den Mund gefahren war.

»Aus ermittlungstaktischen Gründen können wir uns dazu noch nicht näher äußern«, sagte sie mit einem unverbindlichen Lächeln auf den Lippen. Ihr war bewusst, dass ein solcher Satz bei Zeitungs- und TV-Leuten überhaupt nicht gut ankam. Aber sie hatte trotzdem nicht vor, ihre Karten auf den Tisch zu legen.

»Wäre es möglich, dass der Fahrer Opfer einer Internet-Hetzjagd wurde?«

Diese Frage kam nicht von der blutjungen Blonden, sondern von einer Frau Mitte dreißig mit einer dunkeln Kurzhaarfrisur. Sie saß in der ersten Reihe, ganz am Rand – ziemlich in Monas Nähe. Auf ihren Knien balancierte sie ein Aufnahmegerät. Ob sie für den Hörfunk tätig war? Aber es gab gewiss auch Kollegen von der schreibenden Zunft, die zunächst alle Äußerungen als Audiodatei mitschnitten. Offenbar hatte die Kurzhaarige ihre Hausaufgaben schon gemacht, weil ihr die unzutreffenden Anschuldigungen gegen Bunge bekannt waren.

»Frau, äh ...«

»Ich heiße Silke Reiners, Frau Sander. Eine Journalistin bin ich streng genommen nicht, obwohl ich in den Presseverteiler der Polizei aufgenommen wurde. Ich betreibe nämlich den Podcast *Silkes Crime Wave*. Ich komme direkt aus Bremen, konnte heute noch mit knapper Not den Katamaran zur Insel erwischen, sonst wäre ich nicht hier.«

Mona hatte sich noch nie Gedanken darüber gemacht, wie eine Podcasterin aussehen könnte. Silke Reiners war schlank und sehr zierlich. Ihre Gestalt hatte etwas Elfenhaftes an sich. Bekleidet war sie mit unauffälligen Sommerklamotten: knielange Shorts, Sandalen und ein weit geschnittenes Oberteil in den Farben der jamaikanischen Flagge. Der Kommissarin fielen vor allem ihre großen Creolen mit Anhänger auf, die wie lang gezogene Bernsteintropfen aussahen.

Im Polizeidienst würde man so etwas nie tragen, weil garantiert irgendein Ganove daran ziehen möchte, dachte Mona. Sie sagte: »Bitte haben Sie Verständnis dafür, dass ich momentan zur Motivlage noch nichts sagen darf.«

Der Bärtige grätschte sofort verbal hinein: »Wenn noch nicht ausgeschlossen werden kann, dass ein psychopathischer Killer auf Borkum sein Unwesen treibt – warum leugnen Sie dann diese Möglichkeit?«

»Ich leugne gar nichts!«, rief Mona unbeherrscht. Der Reporter beugte sich vor, als ob er ein Raubtier kurz vor dem Sprung wäre: »Also ist es möglich, dass der Mörder ein Psychopath ist?!«

»Möglich ist vieles, aber ...«

»Das war alles, was ich wissen wollte«, sagte der Bartträger mit einem hämischen Unterton in der Stimme. Die Kommissarin konnte sich vorstellen, dass er innerlich schon an seiner Schlagzeile feilte. Nun griff Enno ein, bevor sie sich um Kopf und Kragen redete: »Wir gehen momentan konkreten Hinweisen nach. Lassen Sie mich nur so viel verraten: Der Täter befindet sich noch auf der Insel. Und da wir ihn überrumpeln wollen, können wir natürlich nicht in der Öffentlichkeit preisgeben, wodurch wir ihn ins Visier genommen haben.«

Nun folgten noch andere Fragen, die aber alle in dieselbe Richtung zielten: War der Mörder für die Urlauber auf Borkum gefährlich oder nicht? Sicherheit würde es erst geben, wenn der Schuldige hinter Schloss und Riegel saß – eigentlich eine Selbstverständlichkeit, die aber von den Medienvertretern aufgebauscht wurde. Es war, als würden die Presseleute vom Festland den Insulanern ihre Idylle missgönnen. Nachdem sich Fragen und Antworten sinngemäß zu wiederholen begannen, beendete Oltbeck den Termin, indem er den Anwesenden seinen Dank für ihre Aufmerksamkeit aussprach.

Wenn sie die Wahrheit schreiben würden, wäre es noch besser, dachte Mona. Ihrer Meinung nach war die letzte halbe Stunde reine Zeitverschwendung gewesen. Sie wollte endlich diesem Kai Sommer auf die Bude rücken. Die meisten Medienleute waren schon verschwunden, aber nun nahm Silke Reiners Mona beiseite: »Frau Sander, hätten Sie noch einen Moment für mich?«

»Ich bin in Eile – Sie haben ja gerade gehört, dass wir dem Mörder dicht auf den Fersen sind«, gab Mona abweisend zurück.

»Ja, davon will ich Sie auch nicht abhalten«, beteuerte die Podcasterin, »aber ich würde mich gern mal unter vier Augen mit Ihnen treffen – damit Sie mir etwas erzählen. Natürlich nicht über ihren aktuellen Fall, sondern allgemein über die Polizeiarbeit. Wie es sich beispielsweise anfühlt, als Frau in diesem Beruf auf dieser kleinen Insel tätig zu sein.«

Borkum ist immerhin die größte von den ostfriesischen Inseln, ging es der Kommissarin durch den Kopf. Am liebsten hätte sie Silke Reiners sofort abgebügelt. Aber aus dem Augenwinkel bemerkte Mona, dass Oltbeck sie im Auge behielt. Er war garantiert schon geladen, weil sie dem Barttypen gegenüber so patzig gewesen war. Wenn sie jetzt bei der Podcasterin Entgegenkommen zeigte, würde ihn dies vielleicht milde stimmen. Pressekontakte aller Art waren ihrem Chef nämlich sehr wichtig. Also zwang sie sich zu einem Lächeln und überreichte Silke Reiners eine ihrer Visitenkarten: »Rufen Sie mich gern an, dann finden wir schon einen passenden Termin.«

Die Podcasterin bedankte sich und zeigte mit dem Finger auf Mona: »Ich zähle auf Sie – viel Glück bei der Mörderjagd, Frau Sander!«

*

Nachdem auch Silke Reiners den Saal verlassen hatte, zog der Chef eine Zwischenbilanz.

»Der Termin ist ja recht gut verlaufen, obwohl Frau Sander wieder einmal über das Ziel hinausgeschossen ist«, begann er. Und bevor Enno seine Kollegin in Schutz nehmen konnte, fügte Oltbeck hinzu: »Ich bin mir natürlich darüber im Klaren, dass Sie unter großem Druck ermitteln müssen. Deshalb hoffe ich umso mehr auf eine baldige Verhaftung.«

»Es gibt einen Verdächtigen, den wir noch heute Abend befragen wollen«, sagte Mona und schaute demonstrativ auf ihre Armbanduhr. Sie unternahm gar nicht erst einen Versuch, sich gegen die Kritik ihres Vorgesetzten zu verteidigen. Er hatte ja recht: Es war unklug von ihr gewesen, sich von dem bärtigen Reporter provozieren zu lassen. Gegen so einen Medienprofi, der es auf die passende Schlagzeile abgesehen hatte, war sie chancenlos.

»Dann will ich Sie nicht aufhalten«, gab der Dienststellenleiter gönnerhaft zurück. »Benötigen Sie Verstärkung?«

Enno schüttelte den Kopf: »Es ist besser, wenn wir nicht gleich mit einem Großaufgebot anrücken. Es besteht die Gefahr, dass der Verdächtige misstrauisch wird und flüchtet.«

Mit dieser Erklärung schien sich Oltbeck zufriedenzugeben. Die Kommissare verließen das Rathaus. Da Kai Sommers Unterkunft fußläufig innerhalb von wenigen Minuten zu erreichen war, schlugen sie die Richtung ein. Sie befanden sich im alten Ortskern von Borkum, viele der Gebäude in diesem Bereich standen dort seit dem 19. Jahrhundert – wurden allerdings im Lauf der Zeit immer wieder renoviert. Mona mochte die stillen Straßen mit ihren hohen Hecken und altem Baumbestand.

»Wir haben gegen Kai Sommer absolut nichts in der Hand«, erinnerte Enno, »dass es sich bei ihm um ›Todesengel 0.3‹ handelt, ist bisher nur eine Annahme unserer jungen Kollegin. Wobei ich Grietje durchaus zustimme, und wir ihm längerfristig gewiss auch seine Internet-Idiotien werden beweisen können. Nur heute können wir ihm keineswegs an den Karren fahren.«

»Ich verstehe deinen Wink mit dem Zaunpfahl«, versicherte Mona augenzwinkernd, »und ich verspreche dir hoch und heilig, dass ich ganz besonders lieb sein werde. Ich bin doch auch bei dieser Podcasterin richtig handzahm gewesen, findest du nicht?«

»Ja, dafür muss ich dich wirklich loben«, antwortete er schmunzelnd. Das *Logierhaus Stintfang* befand sich am Ende der Wilhelm-Bakker-Straße, ein Stück weit vom Walknochenzaun entfernt. Das aus roten Backsteinen errichtete Gebäude wurde durch dichtes Gebüsch von der Straße abgetrennt. Es gab einen schmalen Vorgarten. Im Erdgeschoss brannte Licht, im Aufenthaltsraum schauten einige Feriengäste gemeinsam Fernsehen. Ihren begeisterten Rufen nach zu urteilen wurde ein Fußballspiel übertragen. Soweit Mona wusste, waren alle Zimmer ebenfalls mit TV-Geräten ausgestattet. Aber das gemeinsame Schauen machte einfach mehr Spaß.

»Wer weiß, ob der Knabe überhaupt noch auf der Insel weilt«, brummte Enno, bevor er an der Tür klingelte. »Nach dem Mord hat er hier doch eigentlich nichts mehr verloren.«

»Vielleicht produziert er noch ein beklopptes Video, um sein Verbrechen zu feiern. – Man weiß doch nie, was in den Köpfen von solchen Leuten vorgeht«, gab seine Kollegin grimmig zurück. Der Oberkommissar betätigte den altmodischen Klingelzug. Im Hausinneren ertönte ein Läuten, da sogar den aus dem Aufenthaltsraum dringenden Krach übertönen konnte. Wenig später ertönten Schritte, die Tür wurde geöffnet.

»Gott sei Dank, ihr seid es nur!«, sagte Hein Dreher. Der untersetzte rotgesichtige Pensionswirt kannte die Kommissare seit Jahren und war mit ihnen per Du. Er fuhr sich mit der flachen Hand über sein schweißnasses Gesicht und ergänzte: »Ich fürchtete schon, es seien spät ankommende Gäste, obwohl ich gar keine erwarte. Mein Team gewinnt nämlich gerade, das kann ich mir nicht entgehen lassen!«

Er deutete in die Richtung, aus der die Begeisterungsstürme erklangen. Ob soeben ein Tor gefallen war?

»Wir wollen dir nicht deine Zeit stehlen, Hein«, beteuerte Enno lächelnd. »Es geht nur darum, mit Kai Sommer zu sprechen. Weißt du, ob er auf seinem Zimmer ist?«

»Keine Ahnung«, antwortete Dreher. »Meine Gäste können kommen und gehen, wie es ihnen beliebt. Sie haben alle jeweils einen Schlüssel für die Außentür.«

Die Ermittler waren inzwischen eingetreten. Mona kam auf den Pensionswirt zu und stellte sich auf die Zehenspitzen, als ob sie ihn küssen wollte.

»Ganz im Vertrauen, Hein«, flüsterte sie, »was hältst du von Sommer?«

»Er ist ein Leisetreter«, gab der Pensionswirt ebenso leise zurück, »der Bengel bekommt keine drei zusammenhängenden Wörter über die Lippen und kann einem nicht in die Augen sehen. Ich habe bei ihm kein gutes Gefühl. Es wundert mich nicht, dass sich die Polizei für ihn interessiert.«

Mona konnte Drehers Bierfahne riechen, da sie sich in seiner unmittelbaren Nähe befand. Aber sie war sicher, dass er ihr in nüchternem Zustand keine andere Auskunft gegeben hätte. Er war ein Mann, dessen Urteil nicht von ein oder zwei Gläsern Alkohol getrübt wurde. Die Kommissarin hielt allgemein große Stücke auf die Meinung von Leuten aus dem Beherbergungsgewerbe. Sie waren meist gute Menschenkenner.

»Welche Zimmernummer hat er?«, fragte Enno.

»Nummer elf, den Gang runter auf der linken Seite. – Falls ihr mich nicht mehr benötigt ...«

»Schau dir nur in Ruhe dein Spiel an«, meinte der Oberkommissar lächelnd und klopfte Dreher auf die Schulter. Das ließ sich der Pensionswirt nicht zweimal sagen. Er eilte zu den anderen Fans zurück, die mitfiebernd auf das Geschehen im TV starrten. Mona ging auf das Ende des Flurs zu, klopfte an die Tür von Zimmer Nr.

11. Zuvor lauschte sie einen Moment lang, aber es drang kein Laut aus dem Inneren. Geräusche kamen nur von den Fußball-Enthusiasten im Aufenthaltsraum. Es schien, als ob dort alle Bewohner der Pension versammelt wären – außer dem Verdächtigen.

»Herr Sommer? Ich bin von der Polizei Borkum, mein Name ist Sander. Öffnen Sie bitte, wir müssen mit Ihnen reden.«

Es folgte keine unmittelbare Reaktion. War Sommer nicht in dem Raum oder stellte er sich tot – in der Hoffnung, dass Mona wieder verschwinden würde? Sie hämmerte noch einmal lauter gegen das Türholz. Nun rührte sich etwas in dem Zimmer. Scharniere quietschten.

Er wird sich doch wohl nicht im Kleiderschrank verstecken, dachte die Ermittlerin grimmig. Es gab eine andere Möglichkeit, die ihr wahrscheinlicher vorkam.

»Sommer haut durchs Fenster ab!«, rief sie Enno zu. Mona machte auf dem Absatz kehrt und rannte nach draußen.

Kapitel 10

In der zweiten Augusthälfte ging die Sonne auf Borkum erst gegen 21 Uhr unter. Daher war es noch entsprechend hell. Die Kommissarin umrundete das *Logierhaus Stintfang*. An der Rückfront gab es einen kleinen Gemüsegarten. Sie hatte sich nicht getäuscht, dort kauerte eine dunkel gekleidete Gestalt am Boden, die offenbar gerade aus dem Erdgeschossfenster gesprungen war. Nun kam der junge Mann wieder auf die Beine und lief davon, nachdem er einen ängstlichen Blick in Monas Richtung geworfen hatte. Seine Bewegungen wirkten unnatürlich und steif, als ob er eine schlecht geführte Marionette wäre. Er war blass, glattrasiert und hatte eine schwarze Strickmütze auf dem Kopf. Wie alt er wohl sein mochte? Höchstens Anfang zwanzig, schätzte sie.

»Polizei! Bleiben Sie sofort stehen!«, rief sie gellend. Er hörte nicht auf sie – das hatte sie allerdings auch nicht erwartet. Wer sofort Fersengeld gibt, sobald er es mit der Ordnungsmacht zu tun bekommt, hat meistens etwas zu verbergen und versucht, seinen Verfolgern zu entkommen. *Und das ist auf einer Insel nicht ganz einfach,* dachte sie. Sommer – falls er es war – flankte mehr oder weniger elegant über einen Zaun und rannte Richtung Alter Leuchtturm. Mona blieb ihm dicht auf den Fersen, sie war durch ihr Jogging gut in Form. Aber nun warf der Kerl im Vorbeilaufen plötzlich eine Mülltonne um. Der Inhalt ergoss sich auf die Straße. Die Kommissarin konnte ihre Vorwärtsbewegung nicht mehr ganz stoppen, sie wich zur Seite aus – und trat auf eine Bananenschale! Im nächsten Moment war sie schmerzhaft auf dem Hintern gelandet. *Davon darf Grietje auf keinen Fall erfahren!,* schoss es ihr durch den Kopf. Wenn dies nämlich geschah, würde Mona sich monatelang dumme Sprüche wegen ihres Missgeschicks anhören müssen. Fluchend rappelte sie sich wieder auf. Viel Zeit war nicht verloren gegangen, aber der Flüchtende hatte seinen Vorsprung etwas ausgebaut. Er warf kurz einen Blick auf seine Verfolgerin – und rannte weiter. Solange die Kommissarin bei ihm keine Waffe sah, hielt sie es nicht für nötig, ihre Pistole zu ziehen. Sommer schlug einen Haken und lief nun am *Lüttje Toornkieker* vorbei auf den Walfängerfriedhof zu, in dessen Mitte der Alte Leuchtturm stand. Wieder hätte Mona ihn beinahe erwischt, aber in diesem Moment kam eine wild klingelnde Gruppe von Radfahrern völlig unvermittelt aus der Blumenstraße und bog in die Wilhelm-Bakker-Straße ein. »Nicht so eilig, junge Frau!«, rief ein Senior mit orangefarbenem Radhelm. Mona musste wieder abbremsen und setzte ein gequältes Lächeln auf. Bei den Radfahrern handelte es sich um Touristen, Einheimische hätte sie wiedererkannt. Und sie wollte nicht, dass diese lieben Leute ihre schlimmsten Flüche als Erinnerung an Borkum mit aufs Festland nahmen. Es handelte sich bestimmt um zwölf bis fünfzehn Personen. Als sie die Kommissarin nach einer halben Ewigkeit passiert hatten, fehlte von Sommer jede Spur. Stattdessen kam nun Enno heran gekeucht. Sie zeigte auf den Gottesacker: »Entweder verkriecht der Verdächtige sich irgendwo zwischen den Grabsteinen oder er ist auf der anderen Seite wieder runter und Richtung Kirchstraße abgehauen.

»Wir sollten uns aufteilen«, meinte Enno und fügte hinzu: »Ist Sommer bewaffnet?«

»Ich habe nichts dergleichen bemerkt, aber er kann natürlich ein Messer oder eine Pistole in der Tasche haben.«

»Dann solltest du verstärkt auf Eigensicherung achten, bevor du dich wie eine Tigerin auf ihn stürzt«, gab er schmunzelnd zurück, und wurde gleich wieder ernst: »Sei auf jeden Fall vorsichtig.«

»Danke, du aber auch.«

Mona war sich darüber im Klaren, dass Sommer Bunges Mörder sein könnte. Nur, weil er die Flucht ergriffen hatte, konnte sie einen Angriff durch ihn nicht ausschließen. Entsprechend wachsam und konzentriert war sie beim Betreten des Walfängerfriedhofs – und sie bewegte sich wesentlich langsamer vorwärts als noch kurz zuvor. Das Gelände war unübersichtlich. Ganz zu schweigen davon, dass es sich um einen der beeindruckendsten Orte auf dieser einzigartigen Insel handelte. In früheren Jahrhunderten hatte der Walfang im Polarmeer Borkum reich gemacht. Hiesige Kapitäne und Mannschaften waren bei der Jagd auf die großen Meeressäuger sehr erfolgreich gewesen. Und hier – beim Alten Leuchtturm – befand sich die letzte Ruhestätte der Männer, von denen viele von ihren Fangfahrten nicht zurückgekehrt waren. Von ihrem bewegten Leben zeugten die antiken Grabsteine, die oft durch moderne Erklärungstafeln versehen wurden. Obwohl es noch nicht dunkel war, herrschte hier eine beklemmende Atmosphäre – was momentan vielleicht daran lag, dass sich hier irgendwo ein Mörder verkroch.

Plötzlich glaubte Mona, neben der Westseite des Leuchtturms eine Bewegung bemerkt zu haben. Die Kommissarin schlich dorthin, als eine Katze fauchend und buckelnd auf sie zu geschnellt kam. Mona wich instinktiv aus – und bemerkte aus dem Augenwinkel, dass Sommer sein Smartphone in der Hand hatte. Ob er fotografieren oder telefonieren wollte?

Immer noch besser, als wenn er mit einer Knarre auf mich zielen würde, dachte Mona, während sie einen gewaltigen Sprung in seine Richtung machte. Sommer hatte sich hinter einem großen Grabstein versteckt. Entweder war seine Energie aufgebraucht oder er hielt es inzwischen für eine bessere Idee, nicht mehr wegzulaufen. Er verharrte, wirkte unentschlossen.

»Jetzt ist Schluss mit lustig!«, kommandierte sie und zeigte ihren Dienstausweis. »Nehmen Sie das Ding runter!«

Zögernd kam er der Aufforderung nach. Sie schaute in seine Augen und stellte fest, dass er offensichtlich unter Drogen stand.

*

Am nächsten Morgen schlug Mona schon die Augen auf, bevor ihr Wecker klingelte. Als Hundebesitzerin war sie daran gewöhnt, in aller Herrgottsfrühe aufzustehen. Sie ließ es sich nämlich nicht nehmen, noch vor dem Frühstück und dem Dienstbeginn eine Runde mit Rufus zu drehen. Ihr Mann schlief meist länger, weil er als Gastronom normalerweise erst nach Mitternacht ins Bett kam. Doch an diesem Tag schien er ebenfalls schon munter zu sein, jedenfalls drehte er sich im Bett neben ihr um.

»Es ist noch früh, du kannst ruhig weiterschlafen, Jan.«

»Hm.«

Das klingt jetzt nicht so, als ob er schon vollständig wach wäre, dachte sie und sagte: »Ich habe neuerdings einen Fan, stell dir vor – so eine Krimi-Mimi, die es kaum glauben konnte, dass sie eine echte Kommissarin kennengelernt hat.«

»Hm.«

Jan bewegte sich abermals. Immerhin zeugten seine Grunzlaute davon, dass er ihr zuhörte. Mona fuhr fort: »Eigentlich finde ich die Frau ja ganz sympathisch, obwohl sie mir bei der Arbeit dazwischen-gefunkt hat. Ich habe ihr klargemacht, dass eine Mordermittlung nichts für Amateure ist. Hoffentlich macht sie uns nicht noch einmal Ärger.«

»Nee, mit dir legt man sich besser nicht an«, murmelte ihr Gatte. Er klang zwar immer noch ziemlich verschlafen, bekam aber immerhin einen vollständigen Satz über die Lippen. Durch diesen Anfangserfolg bestärkt fuhr Mona fort: »Immerhin kann die Schnecke gut mit Kindern umgehen. Sie kümmert sich um das kleine Mädchen und den Jungen, wenn ihre Freundin eine Migräneattacke hat. Wir haben das gestern noch überprüft, die Geschichte stimmt. Die beiden Frauen machen wirklich zusammen mit den beiden Kleinen Urlaub auf Borkum.«

Darauf sagte Jan nichts. Mona hatte eigentlich noch einen Satz hinzufügen wollen: *Könntest du dir auch vorstellen, Kinder zu haben?* Aber seine regelmäßigen Atemzüge deuteten darauf hin, dass er schon wieder schlief. Die Kommissarin betrachtete dies als einen Wink des Schicksals, um das heikle Thema erneut zu vertagen. So leise wie möglich stand sie auf, zog ihre Hundeklamotten an und nahm die Leine vom Haken. Auf das Geräusch schien ihre Dogge nur gewartet zu haben. Rufus kam schwanzwedelnd heran gewetzt. Frauchen und Hund verließen das kleine Friesenhaus in der Grönlandstrate, machten sich auf den Weg zum Strand. Während Mona sich den kühlen Morgenwind um die Nase wehen ließ, ging sie in Gedanken noch einmal die Ereignisse des vorigen Abends durch.

»Ich habe nichts gemacht!«

So lautete der Standardspruch, mit dem Kai Sommer sich verteidigt hatte. Aber allein schon sein berauschter Zustand war Grund genug gewesen, sich intensiver mit ihm zu beschäftigen. Hinzu kamen seine unerlaubten Filmaufnahmen, wegen denen er sich auf eine Anklage gefasst machen konnte. Und während Kai Sommer noch aufgrund des Drogenkonsums von einem Arzt untersucht wurde, hatten die Kommissare sein Pensionszimmer durchsucht – und prompt ein Tütchen mit Pillen gefunden, die vermutlich nicht aus einer Apotheke stammten. Der Verdächtige war laut Dr. Siemers haftfähig, also verbrachte Sommer die Nacht im Polizeigewahrsam. Solange er noch berauscht war, konnte man ohnehin nicht an eine Befragung denken. Sommer hatte zweifellos genug auf dem Kerbholz, um seine Festnahme zu rechtfertigen. Dass es sich bei ihm um »Todesengel 0.3« handelte er und Bunge im Internet quasi zum

Abschuss freigegeben hatte, würde man ihm wahrscheinlich ebenfalls nachweisen können. Aber hatte er den Mord auch höchstpersönlich begangen? Nachdem Rufus den Bohlenweg zur Brandung hinunter gejagt war und laut bellend seine Artgenossen am Hundestrand begrüßte, zog Mona ihre Schuhe aus und steckte sie in die Taschen ihrer Kapuzenjacke. Morgens fand sie es immer besonders schön, den feuchten Sand unter ihren Fußsohlen zu spüren und das Salz der frischen Brise auf ihren Lippen zu schmecken.

»Juchuu!«

Während die Kommissarin sich dem Spülsaum näherte, kam eine Joggerin winkend auf sie zu gerannt. Mona kniff die Augen zusammen, glaubte im ersten Moment an eine Sinnestäuschung. Aber ein Irrtum war ausgeschlossen.

Die hat mir gerade noch gefehlt!, dachte sie.

»Guten Morgen, Frau Sander. Was für ein Zufall, dass wir uns so schnell wiedertreffen!«, rief Ella Zäuner strahlend. Sie trug ein rotes Top, schwarze Jogging-Shorts und weiße Sportschuhe. An ihrem Gürtel waren eine Trinkflasche und ein Smartphone befestigt. Sie blieb einen Meter vor der Kommissarin stehen, bog ihr linkes Bein zurück und griff nach dem Fußknöchel, um sich zu dehnen.

»Zufall?«, wiederholte die Kommissarin stirnrunzelnd, »wäre es nicht auch möglich, dass Sie mir aufgelauert haben?«

Ella Zäuner spielte die Ahnungslose.

»Ich weiß nicht, wovon Sie sprechen.«

»Ganz einfach – ich gehe jeden Morgen mit meiner Dogge an einen der Borkumer Hundestrände. Wenn man mich also treffen will, ist dies eine gute Gelegenheit … aber wenn Sie zu unserer Ermittlung etwas beitragen wollen, hätten Sie auch zur Wache kommen können. Sind Sie sicher, dass Sie mich nicht stalken?«

Die Joggerin hob abwehrend die Handflächen, sie schien sich ihre gute Laune nicht nehmen lassen zu wollen: »Nein, so etwas liegt mir fern. Wie ich schon gestern sagte – ich finde es aufregend, eine echte Kriminalistin zu treffen. Das ist doch etwas anderes, als immer nur diese Bücher zu lesen.«

Mona wusste immer noch nicht, was diese Frau im Schilde führte. Normalerweise merkte die Kommissarin, wenn sich jemand in sie verliebte – egal, ob es nun ein Mann oder eine Frau war. Solche Gefühle schien Ella Zäuner tatsächlich nicht zu hegen. Suchte sie vielleicht nur eine neue Freundin? Mona ermahnte sich selbst, kein vorschnelles Urteil zu fällen. Sie schaute sich demonstrativ um: »Wo sind eigentlich die Kinder?«

»Rabea geht es heute wieder besser«, lautete die Antwort, »darum möchte sie selbst so viel Zeit wie möglich mit Pia und Lars am Strand verbringen.«

»Ja, so ein Urlaub auf Borkum ist schon eine feine Sache. Dabei fällt mir ein: Was machen Sie eigentlich beruflich?«

»Ich bin zwischen zwei Jobs.«

»Mit anderen Worten: Sie sind arbeitslos«, stellte die Kommissarin fest. Ella Zäuner zuckte mit den Schultern: »Wenn Sie das so nennen wollen ... aber ich habe Zukunftspläne. Diese Insel ist sehr inspirierend.«

»Dann fällt Ihnen hoffentlich etwas Besseres ein als die Polizei an der Nase herumzuführen«, grollte Mona. Sie war immer noch sauer, weil Ella Zäuner völlig ohne Not die Fahndung nach Frese losgetreten hatte. Oder steckte vielleicht mehr dahinter?

»Sie sind immer so abweisend zu mir, Frau Sander. Aber ich glaube, dass Sie mich in der Tiefe Ihres Herzens mögen.«

»Sind Sie jetzt plötzlich Psychologin?«, spottete Mona, wurde aber gleich darauf wieder ernst: »Warum war es Ihnen eigentlich so wichtig, Holger Frese in die Pfanne zu hauen?«

»Ich weiß nicht, worauf Sie hinauswollen. Er ist Rabea und mir unglaublich auf den Wecker gegangen. Ich fand, dass er eine Lektion verdient hatte.«

»Solche Aktionen können sehr leicht schiefgehen«, warnte die Kommissarin, »und wenn sich Frese etwas zuschulden kommen ließ, dann muss sich die Polizei darum kümmern – es ist nicht Ihre Aufgabe, die Rächerin zu spielen.«

Ella Zäuner ließ sich nicht beirren: »Eigentlich bin ich wie Sie, Frau Sander – ich liebe die Gerechtigkeit. Oder aus welchem Grund sind Sie Polizistin geworden?«

Um meine Mutter zu ärgern. Diese Motivation hatte zumindest teilweise eine Rolle gespielt, aber das würde die Kommissarin einer Fremden ganz gewiss nicht auf die Nase binden. Diese Frau drang Monas Meinung nach ohnehin schon viel zu dreist in ihr Leben ein.

»Ich mag die blaue Uniform«, behauptete Mona, »obwohl ich momentan als Zivilbeamtin unterwegs bin. – Wenn Sie mir unbedingt nacheifern wollen, dann bewerben Sie sich bei der Polizeidirektion Hannover, dort wird für ganz Niedersachsen ausgebildet und eingestellt – falls Sie die Aufnahmeprüfung bestehen. Und nun entschuldigen Sie mich, pünktliches Erscheinen gehört auch zu meinem Berufsbild.«

Sie stieß einen schrillen Pfiff aus, woraufhin Rufus herangestürmt kam. Die Dogge hatte im Wasser gespielt und schüttelte sich, wobei die Tropfen gleichermaßen auf Mona und auf Ella landeten.

»Du bist ja ein ganz Hübscher! Wie heißt du denn?«

Und bevor die Ermittlerin es verhindern konnte, tätschelte diese Frau die Flanke ihres Rüden. Der Hund legte den Kopf schief – was er sonst nur bei Mona tat – und wedelte mit dem Schweif. Eine plötzlich aufwallende Eifersucht traf sie wie ein Messerstich: »Darf es noch etwas mehr sein? Möchten Sie sich auch auf den Schoß meines Mannes setzen? Ich kann Jan Ihnen gern vorstellen!«

Noch während die Worte aus ihrem Mund drangen, hätte die Kommissarin sich am liebsten auf die Zunge gebissen. *Wie dumm bist du eigentlich?,* schimpfte sie mit sich selbst. *Jetzt hast du dieser Irren auch noch den Vornamen deines Ehemanns verraten!* Ella Zäuner hatte offenbar ohnehin schon damit begonnen, sich nach Mona zu erkundigen. Dazu bedurfte es keines besonderen detektivischen Talents, denn unter den Insulanern war die Kommissarin bekannt. Über einige ihrer spektakulären Mordfälle war auch deutschlandweit berichtet worden. Wahrscheinlich wusste Ella Zäuner schon, dass Jan das gemütliche Seglerlokal *Nordsee Kajüte* am Hafen betrieb. Immerhin schien sie jetzt begriffen zu haben, dass sie durch die plumpe Vertraulichkeit Rufus gegenüber zu weit gegangen war: »Ich bin manchmal ein richtiger Trampel, Frau Sander! Ich laufe jetzt lieber weiter und warte, bis Ihr Zorn verraucht ist.«

Das kann dauern!, dachte Mona verdrossen. Auf dem Rückweg zum Haus schimpfte sie mit ihrem Hund: »Man hätte glauben können, dass Ella dein zweites Frauchen ist! Bin ich so leicht zu ersetzen? Ich dachte immer, zwischen uns … das wäre etwas Besonderes. Aber heute Morgen, wie ein Blitz aus heiterem Himmel …«

Die Kommissarin unterbrach sich, weil sie die Lächerlichkeit ihres eigenen Verhaltens erkannte. Vor allem hatte Rufus sich bisher noch nie getäuscht. Der Rüde besaß einen untrüglichen Instinkt dafür, ob man einem Menschen vertrauen konnte oder nicht. Er war verlässlicher als ein Lügendetektor. Und wenn die Dogge so positiv auf Ella Zäuner reagierte, dann konnte dies nur eins bedeuten: Die Frau mochte verdreht oder schräg sein, aber böse Absichten hatte sie ganz gewiss nicht. Mona schaute Rufus an: »Kannst du mir noch einmal verzeihen?«

Natürlich konnte sie keine Antwort erwarten, obwohl sie hundertprozentig sicher war, dass er sie verstanden hatte. Und der Blick seiner dunklen Augen sagte alles: Der vierbeinige Gentleman besaß ein großes Herz und ging über solche Ausbrüche seines Frauchens souverän hinweg. Mona war beruhigt und lieferte Rufus bei ihrer Nachbarin Lisa Suttrup ab. Sie war ebenfalls Hundebesitzerin und kümmerte sich tagsüber um die Dogge, weil Jan lange schlief und später zu seinem Lokal fuhr. Und Rufus konnte mit Lisas Rüden Charlie spielen.

Vielleicht weiß Ella selbst nicht so genau, was sie will, dachte die Kommissarin, während sie sich duschte, anzog und schnell frühstückte. Im nächsten Moment fühlte sie sich ertappt. Warum kümmerte es Mona, was mit dieser Frau los war? *In fünf Tagen ist ihr Urlaub vorbei und du wirst sie höchstwahrscheinlich nie wiedersehen,* führte sie sich vor Augen. Warum fand sie diese Aussicht nicht erfreulich?

Kapitel 11

Oltbeck hatte beste Laune. Es war Mona erstaunlicherweise gelungen, gerade noch rechtzeitig zum Dienstbeginn auf der Polizeistation zu erscheinen. Nun saß sie in Jeans, weißem T-Shirt und rot karierter, kurzärmliger Bluse vor ihrem Chef. Enno hatte auf dem anderen Besucherstuhl Platz genommen. Er hatte an diesem Morgen ein orangefarbenes Bowlinghemd an, das über seinem runden Bauch spannte. Ansonsten trug er Jeans. Die beiden Kommissare berichteten von Kai Sommers Festnahme und dem Drogenfund, wobei sie sich gegenseitig ergänzten. Der Chef kam aus dem wohlwollenden Nicken gar nicht mehr heraus: »Dann können wir den Mordfall jetzt wohl als abgeschlossen betrachten! Das Geständnis des Täters steht zwar noch aus, aber Sie haben ja zum Glück einige Indizien zusammengetragen.«

Es war vermutlich nicht sehr clever, ihrem Vorgesetzten zu widersprechen. Mona tat es trotzdem.

»Ich bin noch nicht davon überzeugt, dass Kai Sommer unser Mann ist.«

Der Chef runzelte die Stirn.

»Warum nicht, Frau Sander? Haben Sie bereits sein Alibi überprüft?«

»Bisher noch nicht, aber ...«

Oltbeck ließ sie nicht ausreden: »Dann sollten Sie es tun! Sommer hat laut Ihren Informationen großspurig das spätere Mordopfer Bunge als blutrünstigen Busfahrer bezeichnet, der keine Gnade verdient hätte. Dieser Hass ist auf seiner Internetseite verbreitet worden, dafür gibt es keine Ausrede. Und es geht noch weiter – er entfernt sich sogar von seiner Arbeitsstelle im Ruhrgebiet, um nach Borkum zu kommen. Auf die Insel, wo sich Bunge ein neues Leben aufbauen wollte. – Ach, was rede ich überhaupt auf Sie ein, Sie wissen ja doch immer alles besser! Der Staatsanwalt benötigt wahrscheinlich gar kein Geständnis, er könnte bei dieser Beweislage auch einen reinen Indizienprozess führen.«

Es missfiel der Kommissarin, sich wie ein kleines Mädchen abkanzeln lassen zu müssen.

»Das mag sein«, gab Mona mit mühsam unterdrückter Wut zu, »aber die Frau mit dem langen kastanienbraunen Haar bleibt trotzdem verschwunden. In Sommers Zimmer konnten wir keinen

Hinweis darauf finden, dass er in Begleitung gereist ist. Ich habe vergeblich nach Textilien oder langen Haaren gesucht, die zu einem weiblichen Wesen gehören könnten. Laut unserem Zeugen Heiner Kappel trug eine Person in dem Bus eine rote Mütze. So eine haben wir bei Sommer übrigens auch nicht gefunden.«

»Mein Gott, dann hat er die Kappe eben verloren!«, meinte der Chef theatralisch seufzend. »Bei dem ständigen Wind auf unserer Insel wäre er gewiss nicht der Einzige. Oder diese Buspassagierin – falls es sie überhaupt gibt – hat die Mütze getragen.«

»Wie auch immer – die Frau bleibt verschwunden. Ich gehe fest davon aus, dass sie mit dem Täter unter einer Decke steckt«, beharrte die Kommissarin. Oltbeck versuchte, ihre Überlegung ins Lächerliche zu ziehen: »Ich verstehe, Sie gehen von einem ostfriesischen Bonnie & Clyde-Duo aus. Ich will Ihre romantischen Vorstellungen ja nicht zerstören, Frau Sander – aber Sommer hatte sowohl das Motiv als auch die Gelegenheit, den völlig arglosen Busfahrer zu töten. Wenn ich alles richtig verstanden haben, dann kannten die beiden einander noch nicht einmal persönlich. Bunge konnte also von der Gefahr gar nichts ahnen, als der Verdächtige in seinen Bus stieg.«

Mit dem letzten Satz lag der Chef zweifellos richtig – trotzdem hatte Oltbeck keine plausible Erklärung für das Verschwinden der Passagierin mit den kastanienbraunen Haaren parat. Bevor sie ihm erneut Widerworte geben konnte, griff Enno besänftigend in den verbalen Zwist ein: »Ich habe bei der Staatsanwaltschaft beantragt, Sommers Smartphone auslesen zu dürfen. Falls es sich um ein Täterduo handelt – wie Frau Sander und ich vermuten – dann wird Sommer die Frau nicht erst auf der Fähre nach Borkum kennengelernt haben. Es muss Verbindungen zwischen ihnen geben, entweder online oder persönlich. Wir müssen damit rechnen, dass der Verdächtige von seinem Recht zu schweigen Gebrauch macht. Ich denke, dass wir mithilfe seiner Handydaten die unbekannte weibliche Person ausfindig machen können.«

Der Chef schaute den Oberkommissar so stolz an wie ein Lehrer seinen Musterschüler: »Ein ausgezeichneter Ansatz, Herr Moll! Ich will ja gar nicht abstreiten, dass eine Frau im Bus gewesen sein könnte. Ob sie mit der Tat etwas zu tun hat, muss noch ermittelt werden. Aber zunächst sollten Sie Sommer verhören.« Oltbeck schaute auf seine Armbanduhr und fuhr fort: »Wenn der Verdächtige gestern Abend noch unter Drogeneinfluss stand, müsste er inzwischen größtenteils ausgenüchtert sein. Er muss noch einmal ärztlich begutachtet werden, bevor Sie ihn befragen.«

In diesem Moment wurde die Tür aufgerissen, und Grietje trat ein.

»Ich habe Sommer mit Tee und mit meinen legendären Jagdwurststullen verwöhnt«, trompetete sie. »Er kriegt kaum die Zähne auseinander, will aber einen Anwalt. Telefoniert hat er auch schon deswegen, die Sache läuft. Der Jurist kann aber erst heute Nachmittag hier eintreffen.«

Der Vorgesetzte seufzte. Er hatte die Polizeimeisterin schon x-mal dazu ermahnt, vor dem Eintreten in einen Raum anzuklopfen. Inzwischen war ihm die Resignation deutlich anzusehen. Nur gelegentlich rüffelte Oltbeck sie deshalb noch – aber mehr aus Gewohnheit als in der Hoffnung, damit etwas bewirken zu können. Das war zumindest Monas Eindruck.

»Danke, Frau Smit«, murmelte der Chef nur, bevor er sich wieder an die Kommissare wandte: »Bis wir von der Staatsanwaltschaft grünes Licht für die Smartphone-Auswertung bekommen, ist noch Gelegenheit für klassische Polizeiarbeit. Befragen Sie die Anwohner im Umkreis von einem Kilometer um den Tatort. Irgendjemand muss die Frau doch gesehen haben.«

Mit diesen Worten beendete Oltbeck die Besprechung. Mona und Enno verließen die Wache und stiegen in ihren Dienstwagen. Nachdem die Ermittlerin es sich auf dem Beifahrersitz bequem gemacht hatte, spottete sie: »Wahrscheinlich vermutet Oltbeck, dass Sommer die Frau weggezaubert hat! Dass der Chef den Fall so schnell wie möglich abschließen will, ist mir vollkommen bewusst. Ich hätte es nur nicht für vorstellbar gehalten, dass er deshalb die Augen komplett vor der Wirklichkeit verschließt!«

»Jetzt fahren wir erst einmal zur Goedeke-Michel-Straße, dann sehen wir weiter«, brummte Enno gemütlich, bevor er seiner Kollegin einen prüfenden Seitenblick zuwarf: »Ist es möglich, dass dir heute Morgen schon vor Dienstbeginn eine Laus über die Leber gelaufen ist?«

»Ja, du hast mich wieder einmal durchschaut«, erwiderte sie süßsauer lächelnd, »und zwar hatte ich am Hundestrand eine interessante ›zufällige‹ Begegnung.«

Sie berichtete von ihrem Zusammentreffen mit Ella Zäuner, das ihrer Meinung nach ganz eindeutig von der Frau geplant gewesen war. Es tat gut, Enno ihr Herz ausschütten zu können. Außerdem war ihr viel daran gelegen, was er über diese Angelegenheit dachte.

»Für mich hört sich das ganz danach an, als ob Ella Zäuner eine Freundin sucht«, meinte er, »und eine Verbindung zwischen ihr und unserem aktuellen Fall kann ich beim besten Willen nicht erkennen.«

»Nee – nicht, nachdem sie uns in die Irre geführt hat«, grollte Mona. Sie ergänzte: »Apropos: Hat Frese eigentlich dem Platzverweis Folge geleistet?«

»Ja, er ist gestern per Fähre abgedampft. Unser Kollege Hinderk sollte sich vergewissern, ob er auch wirklich an Bord geht. – Natürlich war es blöd von Ella, uns etwas vorzumachen. Dafür wird sie sich auch verantworten müssen. Aber ich finde, du solltest ihr noch eine Chance geben.«

»Allzu viele Freundinnen habe ich wirklich nicht«, musste Mona zugeben. Sie war sich darüber im Klaren, dass sie oft aneckte und es darum Menschen nicht leichtfiel, ihr näherzukommen. Eigentlich hatte sie nur eine richtige Freundin, nämlich ihre Nachbarin Lisa.

»Es kommt ja nicht auf die Menge an«, tröstete Enno sie, »ich mag dich jedenfalls so, wie du bist.«

Die Kommissarin war gerührt: »Obwohl ich so ein Biest bin? – Ich mag dich auch.«

Ihr Kollege brachte das Auto auf dem Abschnitt der Goedeke-Michel-Straße zum Stehen, wo noch am Vortag der Stadtbus geparkt hatte. Inzwischen war das Fahrzeug kriminaltechnisch untersucht und nach Freigabe von einem anderen Busfahrer abgeholt worden. Die einzige Linie auf der Insel wurde wieder bedient, aber die Angst fuhr jetzt vermutlich mit. Mona hatte nach dem Frühstück nämlich ausnahmsweise einen Blick auf die Online-Ausgabe eines großen Boulevardblatts geworfen – und es sofort bereut.

»Kommissarin: Borkumer Buskiller kann jederzeit wieder metzeln!«

So lautete die Schlagzeile, die der bärtige Reporter offenbar verbrochen hatte. Illustriert wurde der dürftige Artikel von einem wenig schmeichelhaften Foto der Kriminalistin, das während der Pressekonferenz geschossen worden war. Mona hatte zwar nie behauptet, was durch die Überschrift nahegelegt wurde – aber sie wusste aus Erfahrung, dass solche Verzerrungen der Realität nur schwer wieder aus der Welt zu schaffen waren. Die Kommissarin erinnerte sich mit Schaudern an die Probleme, die sie in der

Vergangenheit mit einem Borkumer Radioreporter bekommen hatte. Sie konnte nur versuchen, den Mörder so bald wie möglich hinter Gitter zu bringen. Es gab keine andere Möglichkeit, in Borkum wieder Ruhe einkehren zu lassen. Vielleicht war der Schuldige den Ermittlern ja bereits ins Netz gegangen – hatte Oltbeck diesmal Recht, und sie maß der verschwundenen Buspassagierin zu viel Bedeutung bei? Deutete nicht wirklich alles auf Sommers Täterschaft hin? Enno legte beruhigend seine große Hand auf ihre Schulter. Wieder einmal schien er zu ahnen, was in ihr vorging.

»Wohin könnte das Duo deiner Meinung nach geflohen sein?«

Seine Frage riss sie aus ihren negativen Gedanken und brachte sie dazu, sich auf ihre unmittelbare Umgebung zu konzentrieren: »Es bietet sich an, in Richtung der Reitställe abzuhauen. Ein Stück weit dahinter beginnen bereits die Norddünen. Und dort muss man nicht mit vielen Zeugen rechnen, denen man begegnet. Und falls doch, dann handelt es sich wahrscheinlich um Urlauber, die eine Wanderung unternehmen. Selbst wenn sie sich an ein Pärchen erinnern würden, das ihnen entgegenkommt – was soll uns eine solche Aussage nützen?«

Mona fand, dass ihre Stimme verzagt klang, worüber sie sich im nächsten Moment ärgerte. Sie und ihr Kollege hatten schon ganz andere kriminalistische Nüsse geknackt! Enno sagte: »Ich vermute, dass die Flucht von vornherein sorgfältig geplant war. Bunge wurde nicht zufällig dazu gezwungen, den Bus genau hier zum Stehen zu bringen. Ich will damit sagen: Die Täter wussten genau, auf welche Art sie nach dem Mord abhauen wollten. Entweder zu Fuß, per Rad oder mit einem Auto. – Da fällt mir ein: Darf man hier eigentlich parken?«

»Wieso? Hast du Angst, dass ich dir ein Knöllchen verpasse?«, scherzte Mona. Natürlich hatte sie begriffen, auf wen der Oberkommissar anspielte. Sie fuhr ernsthaft fort: »Heiner Kappel geht garantiert öfter mit seinem Hund Gassi. Wenn wir Glück haben, dann stand das mögliche Fluchtauto schon einige Stunden vor dem Mord hier.«

Enno nickte eifrig: »Ja, im Idealfall kam Heiner Kappel auf seiner Hunderunde vorbei und notierte das Kennzeichen, weil er als anzeigefreudiger Bürger gleich die Polizei alarmiert hat.«

»Das lasse ich gleich mal prüfen.«

Sie zog ihr Smartphone aus der Tasche und rief Grietje an.

»Was gibt es Neues, Mona?«

»Die Frage lässt sich erst beantworten, wenn du die Strafanzeigen der letzten Tage durchgehst, die Heiner Kappel gestellt hat.«

Trotz Windgeräuschen und kreischenden Möwen über der nahe gelegenen Nordsee konnte Mona hören, wie ihre Kollegin mit Papier raschelte.

»Mal schauen … hier hat er jemanden angezeigt, weil er mit dem Fahrrad ohne Licht unterwegs war … dann eine Ruhestörung durch eine Katze … der Nachbar von gegenüber hat Alufolie in den Biomüll geworfen … ein Pkw im Parkverbot ...«

»Wann war das? Und wo stand die Karre?«

Monas Stimme klang aufgeregt, was der jungen Polizeimeisterin nicht entging: »Das war gestern Morgen gegen sechs Uhr an der Goedeke-Michel-Straße … ach du Schande! Könnte das der Fluchtwagen des Killers gewesen sein?«

»Das wird sich zeigen! Wie wäre es mit einer Halterabfrage?«

»Chill mal, Mona – ich kann doch nicht hexen. Also, bei dem Halter handelt es sich um einen gewissen Gunnar Kreuzer, sein Auto ist in Kassel angemeldet.«

Die Kommissarin liebte die tiefenentspannte Borkumer Art. Nicht auf jeder deutschen Polizeidienststelle hätte eine junge Polizistin zu einer vorgesetzten Beamtin *Chill mal* sagen können.

»Danke, Grietje! Dann müssen wir nur noch herausfinden, ob der Verdächtige sich momentan auf der Insel befindet.«

»Die Aufgabe überlasse ich euch kriminalistischen Superhirnen. – Meldet euch, falls ihr noch etwas von mir braucht.«

Mit diesen Worten beendete die Polizeimeisterin das Telefonat. Mona teilte Enno mit, was sie soeben erfahren hatte.

»Dann fahren wir jetzt wahrscheinlich zur Touristeninformation, oder? – Moin!«

Die Kommissarin drehte sich um. Der Gruß ihres Kollegen hatte einer Person gegolten, die hinter Monas Rücken nähergekommen war. Die Ermittlerin presste die Lippen aufeinander, als sie die Podcasterin erkannte.

Die Dame hat mir gerade noch gefehlt!, dachte Mona. Silke Reiners trug an diesem Tag einen knielangen Jeansrock sowie ein dunkles T-Shirt mit kurzen Ärmeln sowie Tennisschuhe. Und natürlich durfte ihre Umhängetasche mit dem Aufnahmegerät nicht fehlen. Die Frau war aus Richtung der Pferdeställe gekommen. Sie schenkte den beiden ein unverbindliches Lächeln: »Moin, ich habe gerade eine kleine Wanderung durch die Norddünen gemacht, um meinen Kopf frei zu kriegen. Und nun treffe ich Sie ausgerechnet hier, am Tatort der gestrigen Bluttat. – Frau Sander, Sie wollten mir ja für einige Fragen zur Verfügung stehen, aber momentan geht das wahrscheinlich nicht, oder?«

Mona war hin- und hergerissen. Einerseits hatte sie überhaupt keine Lust, sich für einen Krimi-Podcast ausquetschen zu lassen. Andererseits: Oltbeck würde ihr die Hölle heißmachen, falls Silke Reiners sich über die Kommissarin beschwerte. Und das würde sie garantiert tun, falls Mona ihr Versprechen nicht hielt. Also war es vielleicht besser, die Prozedur möglichst schnell hinter sich zu bringen. Sie warf Enno einen hilfesuchenden Blick zu.

»Ich kann auch allein zur Touristeninformation fahren«, schlug er vor, »und du rufst mich später an, wenn du dich wieder mitnehmen soll.«

»Ja, das ist eine gute Idee«, gab Mona dankbar zurück.

Der Oberkommissar nickte den beiden Frauen zu, stieg ins Auto und fuhr davon.

»Was hätten Sie denn bei der Touristeninformation zu erledigen gehabt?«

Das werde ich dir gerade auf die Nase binden, antwortete die Kommissarin in Gedanken. Laut sagte sie: »Es handelt sich um eine Spur, die wir verfolgen. Mehr kann ich Ihnen zum jetzigen Zeitpunkt nicht mitteilen.«

Silke Reiners lachte Mona an, sie schien nicht sauer zu sein: »Seien Sie doch nicht so steif, Frau Sander! Ich hätte Sie eigentlich für eine ziemlich entspannte und lässige Frau gehalten. – Natürlich sind Sie hier an den Tatort zurückgekehrt, um sich über die Flucht des Täters Gedanken zu machen.«

»Ja, so ist es.«

Silke Reiners schaute die Kommissarin erwartungsvoll an. Aber mehr als die vier Worte gab Mona momentan nicht von sich.

»Sie machen es mir nicht leicht, Frau Sander.«

Die Podcasterin hörte sich immer noch nicht genervt an. Mona hätte an ihrer Stelle schon die Geduld verloren. Die Kommissarin sagte: »Sie waren gestern bei der Pressekonferenz. Dort haben Sie alle Informationen über den aktuellen Fall bekommen, die wir momentan herausgeben dürfen. Fragen Sie mich doch einfach Dinge, die nichts mit dieser Mordermittlung zu tun haben.«

Silke Reiners schaute Mona prüfend an – als überlegte sie, auf welche Art sie trotzdem etwas mehr über Bunges Tod erfahren konnte. Die Kommissarin zweifelte nicht daran, dass dies der eigentliche Grund für die Kontaktaufnahme durch die Podcasterin war. Schließlich war sie offenbar extra wegen des Busmord-Pressetermins nach Borkum gekommen.

Die Podcasterin sagte: »Ja, das will ich gern tun. – Erinnern Sie sich noch an Ihren ersten Tag auf der Insel? Oder stammen Sie gebürtig von hier?«

»Nee, ich bin in Braunschweig geboren und zur Schule gegangen ...«

Während Mona möglichst unverfänglich von ihrem Werdegang als Polizistin und der Versetzung auf die Insel berichtete, war sie innerlich immer noch mit dem Fall beschäftigt. Das mörderische Duo hatte Borkum vielleicht schon wieder verlassen. Ob es eine Verbindung zwischen dem Küchenmesser und dem Autofahrer aus Kassel gab? Sie führte sich vor Augen, dass eine solche Tatwaffe in jedem Supermarkt erworben werden konnte. Während Mona so viel wie möglich redete, um Silke Reiners loszuwerden, kam eine Reiterin von den Ställen her in ihre Richtung. Mona kannte die junge Frau im Sattel, nickte ihr zu. Steffie Schuster arbeitete seit einigen Monaten als Bedienung auf Borkum und verbrachte jede freie Minute mit den Pferden. Mona hatte einmal ihre Zeugenaussage aufgenommen, als an Steffies Arbeitsplatz Falschgeld aufgetaucht war. Die Reiterin lächelte schüchtern – aber da Mona ihren Wortschwall nicht unterbrach, warf sie der Kommissarin und der Podcasterin nur einen langen Blick zu und ließ ihre Stute weiter Richtung Hindenburgstraße traben. Silke Reiners hatte mit dem Rücken zum Pfad gestanden und nahm die Reiterin erst wahr, als sie schon an ihnen vorbeigetrabt war.

»Borkum scheint viele Freizeitmöglichkeiten zu bieten. – Haben Sie auch ein Hobby?«

Die Fragen schienen immer dämlicher zu werden. Mona suchte nach einem Ausweg: »Ja, ich habe einen Hund, also ... entschuldigen Sie, das Gespräch muss ich entgegennehmen!«

Sie tat so, als ob sich der Vibrationsalarm ihres Telefons gemeldet hätte, und trat ein paar Schritte beiseite. In Wirklichkeit rief sie Enno an.

»Soll ich dich abholen, Mona?«

»Ja, Enno – ich bin immer noch am Tatort.«

»Das trifft sich gut, ich war bei der Touristeninformation erfolgreich. Das erzähle ich dir gleich im Auto. In ein paar Minuten bin ich da.«

»Danke.«

Erleichtert beendete sie das Telefonat und lächelte die Podcasterin entschuldigend an: »Ich fürchte, unser Termin ist schon wieder vorbei. Mein Kollege benötigt dringend meine Unterstützung.«

Ob Silke Reiners ihre Finte durchschaut hatte? Sie ließ sich jedenfalls nichts anmerken: »Selbstverständlich, Sie stecken mitten in einer Mordermittlung, das verstehe ich natürlich. Immerhin habe ich jetzt schon so einiges über Sie erfahren.«

Das bezweifelte Mona, denn sie wurde oft genug noch nicht einmal aus sich selbst schlau.

»Vielleicht ergibt sich ja die Gelegenheit für ein weiteres Gespräch«, sagte Mona. Und sie fügte dieser Floskel in Gedanken hinzu: *Nicht, wenn ich es verhindern kann!* Wenig später kam zu ihrer Erleichterung der Dienstwagen näher. Sie verabschiedete sich mit einem Händedruck von Silke Reiners, bevor sie sich auf den Beifahrersitz fallenließ und die Tür schloss.

»Allzu lange hast du es mit der Podcasterin ja nicht ausgehalten«, scherzte der Oberkommissar.

»Sehr lustig, Enno! Momentan ist es wie verhext. Bin ich neuerdings einfach zu nett? Erst will Ella Zäuner meine Freundin sein, dann fragt mir Silke Reiners ein Loch in den Bauch ... vielleicht sollte ich mal wieder das Biest herauskehren!«

»Das wirst du noch früh genug tun – aua!«

Mona hatte Enno nämlich in den Magen geboxt, allerdings nicht so stark, dass es wirklich wehgetan haben konnte.

»Du wolltest mir vom Halter des Autos im Parkverbot erzählen«, erinnerte sie.

»Ja, sein Name lautet Gunnar Kreuzer. Er hat zusammen mit seiner Frau ein Ferienhaus in der Geert-Bakker-Straße gemietet, gleich um die Ecke.«

»Und dann stellt er seine Karre am Ende von der Goedeke-Michel-Straße ab? Auf die Ausrede bin ich gespannt«, erwiderte die Kommissarin. Sie kannte nämlich die Ferienimmobilie, in der sich die Kreuzers einquartiert hatten. Zu dem Haus gehörte ein Carport. Es gab also gar keine Notwendigkeit, das Auto im Parkverbot abzustellen. *Es sei denn, man will sich nach einem Mord schnell aus dem Staub machen,* dachte Mona.

Kapitel 12

Ob es sich bei dem Ehepaar um das gesuchte Duo handelte? Mona war hoch konzentriert, als sie und Enno wenig später aus dem Auto stiegen und sich dem Ferienhaus näherten. Der gesuchte Wagen stand im Carport. Dies musste nicht zwangsläufig bedeuten, dass die Bewohner anwesend waren. Auch motorisierte Urlauber begaben sich auf Borkum lieber mit Leihrädern oder zu Fuß an den Strand, weil die Parksituation so nahe am Wasser schwierig war. Und tatsächlich rührte sich niemand im Inneren, obwohl Enno Sturm klingelte. Oder ahnten die Verdächtigen, dass die Polizei vor der Tür stand? Lauerte das Ehepaar bereits darauf, dass die Kommissare einzudringen versuchen würden? Aber dafür gab es momentan noch keine Handhabe, die Hinweise waren zu dürftig.

»Die Feriengäste sind nicht da, Enno!«

Dieser Satz kam von dem braun gebrannten weißhaarigen Nachbarn, dem die Ankunft der Polizisten nicht entgangen war. Er war im Garten soeben damit beschäftigt, seine Gemüsebeete vom Unkraut zu befreien. Auch Mona kannte den Insulaner, der früher zur See gefahren war und sich nun seit einigen Jahren im Rentenalter befand.

»Moin, Geert! Hast du eine Ahnung, wo die Urlauber hingegangen sein könnten?«

Sie trat an den Gartenzaun und lächelte ihn an. Er stützte sich auf seine Hacke und zwinkerte ihr zu: »Mehr als das, Mona. Die Touristen haben mich nach einem guten Strandkorbvermieter gefragt, da habe ich sie an Wilko Efken verwiesen. Das ist ungefähr zwei Stunden her.«

Die Kommissarin deutete Richtung Himmel: »Bei dem schönen Wetter werden sie sich wohl noch am Wasser befinden.«

»Falls sie noch einen freien Korb ergattern konnten«, schränkte Geert ein. Die Ermittler bedankten sich bei ihm und stiegen wieder in ihr Auto. Sie kehrten ins Ortszentrum zurück, wo sie das Fahrzeug wieder auf dem Hof der Wache abstellten. Von dort aus mussten sie sich nur Richtung Inselbahnhof bewegen und die belebte Bismarckstraße hinuntergehen, um den Hauptstrand bei der Musikkuppel zu erreichen. Auf diesem Abschnitt hatte Efken seine Strandkörbe stehen.

»Hast du den Artikel im Schmierblatt gelesen, Enno? Sind wir auf dieser Killerinsel überhaupt noch unseres Lebens sicher?«, fragte sie ironisch.

»Mir war gestern Abend schon bewusst, was dieser Herr schreiben würde. Das heißt aber nicht, dass ich es lesen und mich darüber aufregen muss.«

»Manchmal bist du richtig weise.«

»Man tut, was man kann«, erwiderte er schmunzelnd. In der Bismarckstraße saßen zahlreiche Gäste im Außenbereich vom *Pferdestall*, der *Black Pearl*, dem *Café & Bar Columbus* und den anderen beliebten Lokalen. Auch der kleine öffentliche Park *Ankerplatz* war gut besucht. Es duftete nach frischen Pommes frites und gebratenem Fisch, munterer Sommerpop tönte aus verschiedenen Lautsprecherboxen. Enno warf den Teller der speisenden Urlauber sehnsüchtige Blicke zu, was Mona nicht entging.

»Wenn wir uns die Verdächtigen zur Brust genommen haben, ist erst einmal unsere Mittagspause fällig«, schlug sie vor, »dann können wir das Verhör mit Kai Sommer später besser überstehen.«

Inzwischen glaubte sie nicht mehr ernsthaft an die Täterschaft des Internet-Maulhelden, der in der Arrestzelle saß. Bisher deutete bei ihm nämlich nichts auf eine Komplizin oder Mitwisserin hin, während die Kreuzers zwei Personen waren, eine Frau und ein Mann. Die Aussicht auf etwas Essbares schien den Oberkommissar aufzumuntern, jedenfalls beschleunigte er seine Schritte sofort.

Mona und Enno gingen zur Promenade hinunter, wo Wilko Efken vor dem Holzverschlag saß, von dem aus er sein »Strandkorb-Imperium« führte. Der Vermieter war schon von Weitem an seiner weißen Kapitänsmütze zu erkennen. Enno kannte ihn schon sein ganzes Leben lang, die beiden waren Klassenkameraden gewesen.

»Ihr seht so tatendurstig und dienstlich aus, das erkenne ich auf drei Meilen gegen den Wind«, sagte er und schob seine Kappe in den Nacken. Die Neugier stand ihm förmlich ins Gesicht geschrieben.

»Hast du einen Strandkorb an ein Ehepaar namens Kreuzer vermietet?«

Mit dieser Frage kam Mona sofort zur Sache, sie hatte weder Zeit noch Geduld für ein längeres Geplänkel. Efken schnappte sich seine Kladde, die als Basis für seine Buchführung diente: »Ja, aber erst seit heute. – Das Ehepaar hat den Korb EFK 011, das ist der da hinten.«

Er hatte sich schon von seinem Campingstuhl erhoben, als die Kommissarin ihn angesprochen hatte. Nun deutete er auf die erste Linie der Strandmöbel, die sich weit von der Promenade entfernt in Brandungsnähe befanden.

»Wie haben die Leute auf dich gewirkt?«, wollte Enno wissen, der große Stücke auf das Urteilsvermögen seines langjährigen Kumpels legte.

»Die sind ein bisschen steif und verbissen, wenn ihr mich fragt. Wahrscheinlich müssen Sie erst ein paar Tage auf der Insel verbringen, bevor sie lockerer werden«, meinte der Strandkorbvermieter. Die Kommissare bedankten sich bei ihm und stapften durch den warmen weichen Sand auf den Spülsaum zu. Der Strandkorb, den die Kreuzers gemietet hatten, stand nur einen Steinwurf weit von der Nordsee entfernt. Im flachen Wasser der Brandung spielten Kinder, weiter draußen hatten Schwimmer und Wassersportler ihren Spaß. In dem Strandkorb saß ein Paar, das zwischen Mitte und Ende vierzig sein konnte. Beide waren noch ziemlich blass; wenn sie nicht auf sich achteten, würden sie sich einen gewaltigen Sonnenbrand holen. Bekleidet waren sie mit Badeanzug beziehungsweise Badehose, außerdem hatten sie Sonnenbrillen aufgesetzt. Gunnar Kreuzer hatte sein ergrauendes Blondhaar kurz schneiden lassen, die schwarzen Locken seiner Frau fielen bis auf ihre Schultern. Mona war ein wenig enttäuscht, weil sie insgeheim gehofft hatte, dass ihre Haare kastanienbraun wären. Aber natürlich konnte die Verdächtige mithilfe einer Perücke leicht ihr Aussehen verändert haben. Die Frau spielte mit ihrem Smartphone herum, der Mann las die Zeitung. Aber natürlich bemerkten sie, dass die Ermittler nun direkt vor dem Strandkorb standen.

»Was wollen Sie?«, knurrte der Mann schlecht gelaunt. »Sie versperren uns die Sicht auf die Nordsee, der Gästebeitrag ist schon hoch genug!«

»Moin«, entgegnete Enno mit entwaffnender Freundlichkeit, wobei er gleichzeitig seinen Dienstausweis zeigte, »ich bin Oberkommissar Moll, das ist Kommissarin Sander. Wir sind von der Borkumer Polizei. – Haben wir es mit dem Ehepaar Kreuzer zu tun?«

»Ist das ein Verbrechen?«, gab der Blonde gereizt zurück.

»Beantworten Sie bitte einfach die Frage meines Kollegen«, sagte Mona, »auf Borkum ist ein Mord geschehen, und wir sind mit der Aufklärung dieses Verbrechens beauftragt.«

Ihr scharfer Tonfall führte dem Ehepaar offenbar den Ernst der Lage vor Augen. Ob sie wirklich nichts mit der Bluttat zu tun hatten? Für eine Beurteilung war es noch zu früh. Der Urlauber sagte: »Ja, ich bin Gunnar Kreuzer, meine Frau heißt mit Vornamen Elke. – Aber ehrlich gesagt verstehe ich nicht, was Sie von uns wollen. Ich habe kein Verbrechen begangen oder beobachtet. Wie steht es mit dir?«

Die Frage war an seine Frau gerichtet. Sie verschränkte die Arme vor der Brust, eine klassische Abwehrhaltung.

»Schön, dass du mal wieder mit mir sprichst. – Nein, ich habe auch nichts Verdächtiges bemerkt.«

»Wir müssen trotzdem Ihre Identität überprüfen«, beharrte der Oberkommissar. Widerwillig kramte der Badegast seinen Personalausweis aus seinem Brustbeutel, und auch seine Frau holte das offizielle Dokument aus ihrer Handtasche.

»Elke und Gunnar Kreuzer, die Angaben sind korrekt«, stellte die Kommissarin fest. »Auf Sie ist ein Fahrzeug zugelassen, nicht wahr?«

Sie nannte die Buchstaben/Zahlenkombination des Nummernschilds. Kreuzer zog die Augenbrauen zusammen: »Ja, das ist das Kfz-Kennzeichen meines Autos! Aber was soll das mit einem Mord zu tun haben?«

»Ihr Fahrzeug stand gestern Morgen gegen sechs Uhr an der Goedeke-Michel-Straße im Parkverbot ...«, begann Enno seine Erklärung, als er von Elke Kreuzers hysterischem Lachen unterbrochen wurde.

»Du bist so ein Versager, Gunnar! Du schaffst es immer wieder, dich in Schwierigkeiten zu bringen!«

Kreuzers Atem ging stoßweise. Er ballte die Fäuste, hielt sich aber in Gegenwart der Polizisten zurück. Aber es war offensichtlich, dass ihn die Worte seiner Gattin trafen. Es kam Mona so vor, als ob Streit bei den beiden an der Tagesordnung wäre – was natürlich auch täuschen konnte. Sie hoffte jedenfalls, dass zwischen Jan und ihr niemals eine so vergiftete Atmosphäre entstehen würde.

»Wenn du mir nicht das Leben zur Hölle machen würdest, hätte ich den Wagen nicht im Nirgendwo abstellen müssen. – Wie hätte ich ahnen können, dass in der Straße ein Parkverbot herrscht? Da war weit und breit überhaupt kein Schild zu sehen!«

Wahrscheinlich, weil Heiner Kappel der Einzige ist, der daran Anstoß nimmt, wenn dort ein Auto steht, dachte Mona. Sie sagte: »Ich habe nicht vor, Ihnen ein Strafmandat zu verpassen. Uns interessiert nur, aus welchem Grund der Wagen gestern frühmorgens dort stand. Wir waren nämlich vorhin bei Ihrem Ferienhaus in der Geert-Bakker-Straße. Und da hatten Sie Ihr Auto korrekt im Carport abgestellt, der zu der Urlaubsimmobilie gehört. Warum haben Sie es am Morgen des 20. August nicht genauso gemacht?«

Darauf erwiderte Kreuzer nichts, die Frage schien ihm unangenehm zu sein. Seine Frau betrachtete ihn genüsslich mit unverhohlener Schadenfreude. Mona wandte sich an Elke Kreuzer.

»Bekomme ich von Ihnen eine Antwort?«

»Wir hatten uns vorgestern Abend heftig gestritten«, behauptete sie, »und schließlich habe ich diesen Trottel vor die Tür gesetzt. Er ist weggefahren und hat wahrscheinlich im Auto gepennt.«

»Stimmt das?«, wollte Enno von Kreuzer wissen.

»Ja, verflucht«, gab er zu. »Ich bin ein friedliebender Mensch, und wenn diese Zimtzicke richtig aufdreht, dann bleibt nur die Flucht.«

Ob diese Behauptung zutraf? Mona musste an Heiner Kappel denken. Ob der Querulant bestätigen würde, dass jemand im Wagen gelegen hatte? Dieser Punkt musste geklärt werden. Aber zunächst zeigte Mona dem Ehepaar ein Foto von Bunge, wobei sie die Reaktionen der beiden genau beobachtete. Sie hatte es aufgenommen, bevor die Leiche abtransportiert worden war.

»Haben Sie diesen Mann schon einmal gesehen?«

Elke Kreuzer schüttelte den Kopf, sie wirkte erschrocken: »Nein – ist das der Tote? Ich verstehe immer noch nicht, was Sie von uns wollen.«

»Das Mordopfer hat einen Stadtbus gelenkt, der dort zum Stehen kam, wo auch Ihr Mann geparkt hat«, erklärte die Kommissarin. »Deshalb suchen wir nach Zeugenaussagen.«

Nun schaute auch Kreuzer das Bild an.

»Also, ich konnte dort keinen Bus sehen, aber ich habe ja auch geschlafen«, sagte er.

»Du würdest einen Bus doch übersehen, wenn er direkt vor dir stünde – so dämlich, wie du bist«, spottete Elke Kreuzer.

»Könnten Sie Ihren Ehezwist gefälligst klären, *nachdem* Sie unsere Fragen zur Mordermittlung beantwortet haben?«, fauchte Mona.

Dann wandte sie sich an den Zeugen: »Um welche Uhrzeit sind Sie denn aufgewacht?«

»Das muss um kurz vor sieben gewesen sein«, lautete die Antwort. »Mein Rücken schmerzte, eine Nacht zusammengefaltet auf dem Autorücksitz zu verbringen ist kein Vergnügen. Außerdem wollte ich meinen Morgenkaffee, ohne den ist für mich der ganze Tag im Eimer. Also bin ich zum Ferienhaus zurückgefahren und habe die Kaffeemaschine angestellt. Immerhin bezahle ich ja den ganzen Urlaub.«

Seine Frau öffnete den Mund – vermutlich, um eine neue Gehässigkeit von sich zu geben. Doch Monas warnender Blick hielt sie von ihrem Vorhaben ab. Sie beschränkte sich darauf, ihrem Gatten einen giftigen Blick zuzuwerfen. Die Kommissarin führte sich den Todeszeitpunkt vor Augen. Um diese Uhrzeit hatte Bunge noch gelebt – vorausgesetzt, Kreuzer sagte die Wahrheit.

»Wo sind Sie beide am 20. August zwischen 10 und 11 Uhr vormittags gewesen?«

Es geschah etwas Seltsames. Monas Frage schien beide Ehepartner gleichermaßen verlegen zu machen. Im ersten Moment war die Ermittlerin verblüfft, aber dann verstand sie: »Lassen Sie mich raten – nach dem Streit, von dem Sie berichtet haben, kam die große Versöhnung – und zwar im Bett!«

Kreuzers Gesichtsfarbe hatte einen tieferen Rotton angenommen als der Teint seiner Frau.

»Also wirklich, Frau Sander – das ist unverschämt!«, grollte er. Sie blieb von seiner Wut unbeeindruckt: »Ich verstehe die Aufregung nicht, denn Sie beide sind doch miteinander verheiratet – da ist dieser Gedanke nicht völlig abwegig.«

Die Kommissarin war der Meinung, dass die beiden noch viel mehr Zeit beim Liebesspiel hätten verbringen sollen, dann würden sie sich nicht so oft gegenseitig an die Gurgel gehen. Aber diese Ansicht behielt sie nun wirklich für sich.

»Wir haben diese Zeit jedenfalls zusammen verbracht«, erklärte Elke Kreuzer mit erzwungener Ruhe. »Vermutlich war das der Zeitraum, während dem dieser arme Mensch umgebracht wurde.«

Mona hakte sofort nach: »Ja, reden wir über ihn. Was wissen Sie über Karsten Bunge?«

»Nichts«, gab die Ehefrau zurück, korrigierte sich aber sofort: »Vielmehr nur das, was wir gerade von Ihnen erfahren haben. Ich weiß jetzt, wie er hieß. Und der Mann muss Busfahrer gewesen sein. Auf dem Foto trägt er eine Art Uniformhemd, und er sitzt ja auf dem Fahrerplatz.«

»Karsten Bunge wurde vor einiger Zeit fälschlicherweise des Mordes bezichtigt, weil er in einen tödlichen Verkehrsunfall verwickelt war«, erklärte Enno. »Unseriöse Medien und eine Internetmeute veranstalteten eine Hetzjagd auf ihn.«

Beide Eheleute beteuerten, von dieser Geschichte nichts gewusst zu haben. Konnte das stimmen? Die Kommissarin wusste es nicht. Sie selbst mied die sozialen Medien größtenteils. Bevor sie sich ein Urteil über die Rolle der Kreuzers bildete, wollte sie mit Enno Rücksprache halten. Außerdem begann sich auch ihr Magen allmählich zu melden. Mona notierte die Mobilnummern der beiden und gab ihnen ihre Visitenkarte.

»Bitte kommen Sie heute oder morgen zur Wache, um Ihre Aussagen schriftlich niederlegen zu lassen. Wir melden uns, falls es noch Fragen gibt. Ansonsten wünschen wir noch einen schönen Borkum-Aufenthalt.«

Mit diesen Worten verabschiedete Enno sich von den Eheleuten. Als sie außer Hörweite waren, wandte er sich kopfschüttelnd an seine Kollegin.

»Versöhnung im Bett, also wirklich ... du kannst von Glück sagen, dass die beiden keinen Ärger machen. Manche Zeugen sind eben prüde, und du hast bei Oltbeck schon mehr als genug Minuspunkte gesammelt.«

»Du hast ja recht, ich sollte mich zurückhalten«, gab Mona sich einsichtig. Und tatsächlich war sie nicht mehr ganz so unbeherrscht wie in früheren Jahren. Ihr Leben hatte sich gewaltig verändert, seit sie Ehefrau und Hausbesitzerin geworden war. Mit Jan an ihrer Seite und einem Haufen Bauschulden an der Backe wäre für sie eine Strafversetzung aufs Festland eine Katastrophe. So gesehen hatte ihr Chef jetzt eine größere Macht über sie als je zuvor. Damit war das Thema für Enno erledigt. Er hatte natürlich verhindern wollen, dass seine Kollegin zwangsläufig die Insel würde verlassen müssen. Sie war nämlich davon überzeugt, dass Enno sie ebenso brauchte wie sie ihn.

»Was glaubst du, Mona – haben wir gerade eben mit dem Mörderpärchen gesprochen?«

Sie schüttelte den Kopf.

»Nee, ich sehe bei den Kreuzers beim besten Willen kein Motiv. Natürlich sollten wir sie noch durchleuchten, aber irgendwie entsprechen sie nicht meiner Klischeevorstellung von Internettrollen.«

»Das geht mir genauso«, versicherte er lachend, »aber erst einmal sollten wir noch einmal mit Kappel sprechen. – Das übernimmst dann wohl am besten du!«

»Solange ich mich nicht auf seinen Schoß setzen muss«, meinte sie augenzwinkernd. Die beiden holten das Auto vom Hof der Polizeistation und fuhren zu Kappel. Der Ruheständler war daheim. Seine Augen leuchteten, als er die Kommissarin erblickte. Und sein Hund tat ein Übriges, indem er begeistert an Mona hochsprang.

»Ich will Sie nicht lange aufhalten, Herr Kappel«, versicherte Mona, »es geht mir nur um Ihre Strafanzeige wegen Falschparkens in der Goedeke-Michel-Straße ...«

Der alte Herr nickte grimmig: »Ich freue mich, dass Sie sich dieser Sache angenommen haben. Bei Ihrer jungen Kollegin Smit fühle ich mich nicht ernst genommen. Sie scheint sich ständig über mich lustig zu machen.«

Mit seiner Vermutung hatte Kappel den Nagel auf den Kopf getroffen, aber darum drehte es sich jetzt nicht. Mona wurde konkreter: »Ich möchte erfahren, ob Ihnen an dem Fahrzeug etwas Ungewöhnliches aufgefallen ist.«

Die Kommissarin war nicht sicher, ob sie die richtigen Worte gewählt hatte. Man hätte ja an eine außergewöhnliche Lackierung oder an einen platten Reifen denken können. Aber sie konnte dem Zeugen ja nicht in den Mund legen, dass jemand im Auto übernachtet haben könnte. Kappel dachte einen Moment lang nach, dann sagte er: »Ich weiß nicht, Frau Sander – vielleicht ist es ja heutzutage völlig normal, in einem Pkw zu schlafen, wie ich es bei diesem Fahrzeug erleben musste. Zu meiner Zeit hätte es solche Auswüchse nicht gegeben!«

»Sie haben recht, da muss man einen Riegel vorschieben«, versicherte sie und fügte hinzu: »Vielen Dank für Ihre offenen Worte. Herr Moll und ich müssen los, wir sehen uns bestimmt demnächst am Hundestrand.«

Der Rentner strahlte: »Es wäre mir eine Freude!«

Als die Ermittler wieder im Auto saßen, sagte Enno: »Du tust bestimmt ein gutes Werk, indem du einige freundliche Worte an Kappel richtest. Ich glaube nämlich, dass er sehr einsam ist.«

»Ja, da stimme ich dir zu. – Gehen wir zum *Knurrhahn*?«

Der beliebte Fischimbiss in der Franz-Habich-Straße war ihr bevorzugter Anlaufpunkt für die Mittagspause. Nachdem sie ihren Dienstwagen zurück zur Wache gebracht hatten, wollten sie dorthin gehen. Aber Grietje hielt sie zurück: »Der Rechtsanwalt von diesem ›Todesengel 0.3‹ hat angerufen. Er reist mit dem Katamaran an, der um 16.45 Uhr in Emden ablegt. Dann will er direkt hierherkommen, um seinen Mandanten unseren Klauen zu entreißen.«

»Hat er das wirklich so gesagt?«

»Nee, das ist meine Interpretation, Mona.«

»Wie auch immer – wir gehen jetzt zu Tisch. Bis der Kat hier anlegt, sind wir längst wieder da.«

»Euer Leben möchte ich haben«, seufzte die Polizeimeisterin theatralisch, »von so einem ausgiebigen Mittagessen kann ich nur träumen.«

»Als ob Grietje weniger Pausenzeiten hätte als wir«, schimpfte Mona, als sie wenig später auf dem Weg zum *Knurrhahn* die Gleise der Kleinbahn überquerten, »wenn sie ihre Pause nicht am Smartphone verplempern und so viele Energydrinks hinter die Binde kippen würde, hätte sie auch genug Muße und Geld für eine richtige Auszeit.«

»Unsere junge Kollegin hat eben ihre eigene Logik«, stellte Enno trocken fest. In der Franz-Habich-Straße gab es nicht nur Gastronomie, sondern auch interessante Geschäfte, vom Andenkenladen bis zu diversen Boutiquen. Auch ein moderner Buchhandel fehlte nicht. Die Kommissare betraten das Fischlokal, bestellten ihre üblichen Gerichte – Poseidonsalat für Mona, Backfisch mit Pommes frites für Enno – und tranken alkoholfreies Bier an einem der Stehtische, während sie auf ihr Essen warteten.

»Wir sollten für den Moment ausklammern, dass unser Täter-Duo mit einem Auto geflohen sein könnte«, schlug Enno vor, »natürlich ist es theoretisch möglich, dass nach 7 Uhr morgens dort ein anderes Fahrzeug geparkt hat. Aber gegen einen Pkw spricht, dass er Nummernschilder hat, die sich ein aufmerksamer Zeuge notieren könnte. Mit Fahrrädern oder zu Fuß direkt am Reitstall vorbei die

Norddünen anzusteuern, käme mir aus Tätersicht betrachtet viel sinnvoller vor.«

»Ja, und mit der vagen Beschreibung des Pärchens können wir keinen Blumentopf gewinnen«, murmelte Mona in einem Anfall von Mutlosigkeit.

»Ich hoffe auf die Analyse des Tagebuchs durch die Spezialisten in Oldenburg«, erwiderte der Oberkommissar mit seiner üblichen Zuversicht. Er fügte hinzu: »Der Täter ist ein hohes Risiko eingegangen, indem er die Seite entfernt hat. Das bedeutet: Entweder enthielt das letzte Blatt seinen Namen oder einen anderen wichtigen Hinweis auf ihn.«

Er konnte vorerst nicht weiterreden, weil nun das Essen fertig war. Die beiden ließen sich ihre leckeren Gerichte schmecken. Nachdem sie aufgegessen und gezahlt hatten, kehrten sie zur Goedeke-Michel-Straße zurück und sprachen dort mit den Anwohnern. Dafür war noch genug Zeit, bevor die Fähre in den Inselhafen einlaufen würde. Natürlich hatte sich die Nachricht vom gewaltsamen Tod des Busfahrers inzwischen überall auf Borkum verbreitet, und die Menschen in der Umgebung des Tatorts waren entsprechend unruhig. Niemand schien am Vormittag des 20. August etwas Verdächtiges bemerkt zu haben. Nachdem die beiden eine Stunde lang vergeblich von Tür zu Tür gegangen waren, klingelte Monas Smartphone. Grietje war am Apparat.

»Wo treibt ihr euch denn gerade herum? Der Staatsanwalt hat grünes Licht gegeben, ihr könnt jetzt Sommers Handy durchforsten!«

Kapitel 13

Das ließen sich die Kommissare nicht zweimal sagen. Sie kehrten schnell zur Wache zurück. Mona ging in die Arrestzelle und hielt das Gerät vor Sommers Gesicht, um es per Scan zu entsperren: »Bitte lächeln! Ihr Rechtsbeistand ist bereits auf hoher See, wir werden uns also bald ausführlich miteinander unterhalten können. Jetzt möchten wir erst einmal erfahren, womit Sie sich so den lieben langen Tag beschäftigen.«

Der Verdächtige schwieg, warf der Ermittlerin nur einen glasigen Blick zu. Er schien momentan nicht in Plauderlaune zu sein. *Vielleicht hat er nur Entzugserscheinungen, weil hier drin keine Handybenutzung erlaubt ist,* dachte sie mit einer unterschwelligen Schadenfreude. Die Kommissarin kehrte zu ihrem Kollegen zurück. Die Kriminalisten begannen mit der Datensichtung.

»Besonders viele weibliche Bekannte scheint Sommer nicht zu haben«, stellte Enno fest, während er die eingespeicherten Telefonnummern überprüfte, »außer seiner Mutter ist keine Frau in den Kontakten.«

»Wunderst du dich darüber?« murmelte Mona. Sie fügte hinzu: »Ich würde auch nicht mit dem Bengel ausgehen wollen. Ob es sich bei der Frau im Bus doch nur um eine Zufallsbekanntschaft handelt? Aber warum meldet sie sich nicht bei uns? Inzwischen weiß doch jeder auf der Insel, dass hier ein Busfahrer erstochen wurde – und dank der Mediengeier ist auch ganz Deutschland darüber informiert.«

»Die Frau könnte unfreiwillig Zeugin der Tat geworden sein und fürchtet nun um ihr eigenes Leben«, schlug der Oberkommissar vor, »und weil sie nicht daran glaubt, von der Polizei ausreichend geschützt zu werden, hält sie lieber den Mund. Es würde mich nicht wundern, wenn sie vorzeitig abgereist ist. Diese Möglichkeit sollten wir überprüfen. Wir lassen uns eine Liste aller allein reisenden Frauen erstellen, die am 20. August auf Borkum waren. Und dann müssen wir herausfinden, ob eine von ihnen vorzeitig heimgefahren ist. Immerhin befindet sich Sommer momentan hinter Schloss und Riegel. Und da bleibt er auch, falls ein Richter Untersuchungshaft anordnet. Dies müssen wir der möglichen Zeugin verdeutlichen, dann ist sie hoffentlich zu einer Aussage bereit.«

Das war Monas Meinung nach ein guter Vorschlag, obwohl er mit viel Telefonarbeit verbunden war. Ansonsten erhärtete sich durch die Auswertung des Smartphones nur die Annahme, dass Sommer in der digitalen Welt viel aktiver war als im wahren Leben. Und dabei entwickelte er einen Tunnelblick. So gesehen war seine Fehlinterpretation des Busunfalls als Mord nur konsequent – ihn kümmerten offenbar nicht die Fakten, sondern nur seine eigene Meinung zu den Ereignissen. Nach einer Weile stand Mona seufzend auf: »Ich koche jetzt frischen Tee – dich muss ich ja gar nicht fragen, ob du auch welchen möchtest. Mir wäre wohler, wenn wir Hinweise auf eine Komplizin gefunden hätten.«

»Er kann sich die Mordwaffe praktisch überall besorgt haben«, stellte Enno fest, »entweder hat er sie aus der heimischen Besteckschublade genommen oder in einem Supermarkt besorgt.«

»Ja, das stimmt leider – wobei ich nicht davon ausgehe, dass Sommer sich aus seiner Trollhöhle traut und einen Laden aufsucht.«

»Du kannst den Verdächtigen wirklich nicht ausstehen, richtig?«, fragte der Oberkommissar mit einem verständnisvollen Lächeln auf den Lippen.

»Wieder einmal hast du mich durchschaut. – Ja, Sommer ist so ungefähr das genaue Gegenteil von einem Mann, der mir gefallen könnte. Aber das ist jetzt unwichtig. – Es stimmt, ich mag ihn nicht. Den Mord traue ich ihm trotzdem nicht zu.«

»Weil die Tat kühl geplant und durchdacht war?«

»Richtig, Enno. Als wir ihn befragen wollten, ist er abgehauen – was man nur als dumm bezeichnen kann. Wir hatten absolut nichts gegen ihn in der Hand. Wir hätten auch sein Zimmer nicht durchsuchen dürfen, wenn er nicht offensichtlich unter Drogeneinfluss gestanden hätte. Und abgesehen von der Lynchstimmung, die er gegen Bunge verbreitet hat, ist ihm nichts nachzuweisen. Sicher, er lungert auf unserer Insel herum, obwohl er eigentlich bei seinem Job sein sollte. Aber dagegen kann höchstens sein Arbeitgeber zivilrechtlich vorgehen. Es würde mich nicht wundern, wenn wir an der Tatwaffe weder seine Fingerabdrücke noch seine DNA finden.«

»Das wird der Anwalt gern hören«, meinte ihr Kollege trocken, »aber dadurch sollten wir uns nicht aus der Ruhe bringen lassen.«

Leichter gesagt, als getan, dachte Mona, während sie mit der Teezubereitung begann. Hatte sie etwas Entscheidendes übersehen?

Gab es ein anderes Motiv für die Bluttat, das sich ihr bisher noch nicht erschloss? Sie wusste einfach zu wenig über das Opfer. Hatte Bunge Freunde gehabt? War er in jemanden verliebt gewesen? Enno lag wahrscheinlich richtig mit seiner Annahme, dass der Tagebucheintrag zum Täter führen musste. Nachdem die starke Assam-Mischung trinkfertig war, kehrte die Kommissarin mit Kanne, Tassen, Kluntjes und Sahne ins Büro zurück.

»Die Podcasterin hat gerade angerufen«, teilte ihr Kollege ihr mit, »sie möchte sich heute noch einmal mit dir treffen.«

Mona rollte mit den Augen: »Och nee, ich fing gerade an, wieder gute Laune zu bekommen! Worauf habe ich mich da bloß eingelassen. – Und alles nur, damit Oltbeck merkt, wie entgegenkommend ich sein kann. – Warum hat Silke Reiners mich nicht auf dem Smartphone angerufen?«

»Du hast das Gerät nicht mit in die Teeküche genommen, Mona. – Zeig der Dame doch ein paar besonders langweilige Aspekte von Polizeiarbeit, dann wirst du sie am Ehesten wieder los.«

Bevor die Kommissarin auf seine Idee eingehen konnte, wurde die Tür aufgerissen.

»Ich will euch ja nicht bei eurer Lieblingsbeschäftigung stören«, sagte Grietje mit einem demonstrativen Blick auf die Teekanne, »aber der Rechtsanwalt unseres Übernachtungsgastes ist jetzt eingetroffen und berät sich bereits mit seinem Mandanten.«

*

Dr. Joachim Baumgarten war als Pflichtverteidiger bestellt worden, weil sein Mandant sich keinen anderen Rechtsbeistand leisten konnte. Der Anwalt wirkte in seinem schlecht sitzenden Kaufhausanzug eher wie ein in die Jahre gekommener Konfirmand. Dennoch machte die Kommissarin nicht den Fehler, ihn zu unterschätzen.

Ich darf mich nicht provozieren lassen, dachte Mona, während der Jurist sich mit ihr und mit Enno bekanntmachte. Die Kommissarin ermahnte sich selbst zur Zurückhaltung. Dr. Baumgarten wartete vermutlich nur darauf, Mona aus einem ihrer berüchtigten Temperamentsausbrüche einen Strick zu drehen. Am sichersten wäre es, wenn sie das Reden hauptsächlich Enno überlassen würde. Ob sie diesen Vorsatz durchhalten konnte, stand auf einem anderen Blatt.

Momentan beschränkte sie sich darauf, im Verhörraum direkt gegenüber von Dr. Baumgarten Platz zu nehmen und ihn unauffällig zu mustern. Sein glattrasiertes Gesicht mit der randlosen Brille wirkte völlig emotionslos. Er wandte sich direkt an Enno, weil der Oberkommissar den höheren Dienstgrad hatte oder weil Dr. Baumgarten Mona ohnehin nicht ernst nahm? Vielleicht war es eine Kombination aus beidem.

»Herr Moll, mir ist noch nicht ganz klar, was meinem Mandanten überhaupt vorgeworfen wird.«

Enno räusperte sich und antwortete: »Nun, da wäre zunächst ein Verstoß gegen das Betäubungsmittelgesetz. Außerdem hat sich Herr Sommer der Befragung entzogen, und ...«

Der Jurist fiel dem Kriminalisten ins Wort: »Sie hatten meinem Mandanten noch gar nicht erläutert, warum Sie überhaupt mit ihm reden wollten.«

»Dazu war gar keine Gelegenheit, weil Herr Sommer sofort aus dem Fenster gesprungen ist«, gab Enno gelassen zurück, »er stand unter Drogeneinfluss, was durch eine richterlich angeordnete Blutprobe bewiesen werden konnte. – Der hauptsächliche Grund für unsere Ermittlungen sind aber die Mordaufrufe, die er gegen den Busfahrer Karsten Bunge verbreitet hat, der am 20. August hier auf der Insel erstochen wurde.«

Dr. Baumgarten hob die Augenbrauen: »Und daraus schlussfolgern Sie messerscharf, dass mein Mandant diese Tat begangen haben muss?«

Sein ironischer Unterton ging Mona schon jetzt gewaltig auf den Wecker. Aber ihr Kollege war zu erfahren und zu entspannt, um sich provozieren zu lassen.

»Darum sind wir ja heute hier zusammengekommen, Herr Dr. Baumgarten. Ihr Mandant hat jetzt Gelegenheit, sich zu dem Verdacht zu äußern.«

»Herr Sommer macht von seinem Recht auf Aussageverweigerung Gebrauch«, schnarrte der Anwalt, »im Übrigen bestreitet er, den Mord begangen zu haben, und beruft sich auf sein Recht auf freie Meinungsäußerung.«

»Eine Aufforderung zu Straftaten ist keine freie Meinungsäußerung!«, fauchte die Kommissarin. Allzu lange hatte sie ihre Zurückhaltung nicht aufrechterhalten können. Dieser Jurist war einfach ein rotes Tuch für Mona. Außerdem war sie überzeugt davon, recht zu haben. Der Müll, den Sommer online verbreitete, war eindeutig nicht legal.

»Darüber sollte ein Gericht entscheiden, Frau … Sander, nicht wahr? Oder ticken die Uhren auf dieser abgelegenen Insel anders?« *Lass dich nicht aufs Glatteis führen!,* ermahnte sie sich selbst. Sie schenkte Dr. Baumgarten ihr schönstes falsches Lächeln: »Oh, so weit ab vom Schuss sind wir hier gar nicht. Mit der Fähre gelangt man innerhalb einer Stunde in die Niederlande, wo man sich leichter Rauschgift beschaffen kann als bei uns. Übrigens werden die Pillen, die bei ihrem Mandanten sichergestellt wurden, im kriminaltechnischen Labor Oldenburg untersucht. Bei der beschlagnahmten Menge kann man gewiss von einer Verkaufsabsicht ausgehen, Eigenbedarf sieht für mich anders aus. Ich muss Ihnen wohl nicht erläutern, wie sich dies auf das Strafmaß auswirkt.«

Sommer hatte sich auf den Stuhl neben dem seines Anwalts geflegelt und dem Wortwechsel zugehört, als ob ihn das alles nichts anginge. Aber nun kam Leben in seinen schlaffen Körper. Er kapierte wohl allmählich, dass er sich trotz seines Rechtsbeistands nicht so leicht aus der Affäre ziehen konnte.

»Gehts noch?! Ich deale nicht!«, nuschelte er.

»Überlassen Sie das Reden mir, Herr Sommer«, mahnte Dr. Baumgarten. Dann wandte er sich an Mona: »Einige unglückliche Formulierungen, zu denen sich mein Mandant hat hinreißen lassen, sind unter Drogeneinfluss entstanden. Er bedauert zutiefst, dass einige seiner Worte falsch interpretiert wurden.«

Was ist denn an einem Mordaufruf misszuverstehen? Diese Frage behielt Mona wohlweislich für sich. Sie blieb ganz sachlich: »Wir möchten erfahren, wo Herr Sommer sich am 20. August zwischen 10 und 11 Uhr morgens aufgehalten hat.«

Der Verdächtige beugte sich zu seinem Anwalt hinüber und flüsterte ihm etwas ins Ohr. Der Kommissarin entging nicht, dass er nach saurem Schweiß roch, während der Jurist vom Duft eines weitverbreiteten Rasierwassers umweht wurde. Sie unterdrückte ein hämisches Grinsen. *Die Geruchsbelästigung gehört wahrscheinlich zum Berufsrisiko,* dachte sie voller Schadenfreude.

»Mein Mandant lag in seinem Bett in der Frühstückspension und hat geschlafen«, teilte der Anwalt den Ermittlern mit unbewegter Miene mit. »Zeugen gibt es dafür nicht.«

»Wir haben die Tatwaffe sichergestellt«, sagte Enno, »und da Ihr Mandant schon bei seiner Festnahme erkennungsdienstlich behandelt wurde, lässt sich schnell feststellen, ob es bei den Fingerabdrücken eine Übereinstimmung gibt. Falls er sich zu einer freiwilligen DNA-Probe entschließen könnte, wird sich wahrscheinlich auch feststellen lassen, ob er überhaupt in dem Bus gewesen ist.«

»Meinetwegen«, murmelte Sommer. Dr. Baumgarten tat so, als ob er über diesen Punkt intensiv nachdenken müsste. Dann gab er gönnerhaft seinen Segen für die Maßnahme.

Wichtigtuer!, dachte Mona und schenkte ihm ein Lächeln. Gleichzeitig versuchte sie, es nicht zu übertreiben – *sonst bildet dieser Paragrafenhengst sich noch ein, Chancen bei mir zu haben!*

Enno holte ein Test-Kit und fuhrwerkte mit einem Wattestäbchen im Mund des Verdächtigen herum. Seine Kollegin zeigte nun die Phantombilder des Pärchens aus dem Bus. Es war zumindest theoretisch möglich, dass Sommer wusste, um wen es sich handelte.

»Diese Frau und dieser Mann sind dringend tatverdächtig. – Kommen Ihnen diese Personen bekannt vor?«

Ihre Frage war an Sommer gerichtet. Er brach in Gelächter aus: »Der Typ – soll das etwa ich sein? So ein Basecap habe ich gar nicht! Und so eine Tussi kenne ich nicht. Daran seht ihr doch schon, dass ich unschuldig bin!«

Unschuldig? In Monas Augen war er ein Knallkopf mit einem Drogenproblem. Für seine anderen Machenschaften würde er sich vor Gericht verantworten müssen. Ob er den Mord begangen hatte oder auch nur im Bus gewesen war – darüber würde die DNA-Analyse weitere Informationen liefern.

»Ich beantrage, dass mein Mandant umgehend auf freien Fuß gesetzt wird«, tönte Dr. Baumgarten. Enno schüttelte den Kopf: »Da muss ich Sie enttäuschen. Der Mordverdacht lässt sich zwar momentan nicht aufrechterhalten, aber bei dem BTM-Delikt besteht Flucht- und Verdunkelungsgefahr. Herr Sommer wird morgen früh aufs Festland überstellt, wo ein Richter über die Verhängung von Untersuchungshaft entscheidet.«

Der Pflichtverteidiger war nun offenbar der Meinung, seine Schuldigkeit getan zu haben. Dr. Baumgarten erhob sich von seinem Stuhl, nickte den Ermittlern zu und klopfte Sommer auf die Schulter: »Ich darf mich verabschieden – halten Sie die Ohren steif, Herr Sommer.«

Der Verdächtige schaute den Juristen fassungslos an: »Das – war es?! Sie lassen mich hängen? Sie behaupteten, ich würde hier als freier Mann hinausmarschieren!«

»Mit absoluter Sicherheit lässt sich so etwas nie sagen.«

Mona fragte sich, ob der Anwalt diese Phrase im Studium gelernt hatte. Sie würde es wohl nie erfahren, denn nun griff er nach seiner Aktentasche und wandte sich zum Gehen.

»Wissen Sie, was Sie mich können?«, kreischte Sommer. Dr. Baumgarten schloss die Tür von außen, ohne auf die Worte einzugehen.

»Jetzt beruhigen wir uns erst einmal«, brummte Enno gemütlich, »unsere junge Kollegin wird Ihnen Tee und ein paar Jagdwurststullen als Abendbrot servieren, und dann können Sie sich in der Arrestzelle von der Befragung erholen.«

Mona tippte die Audioaufzeichnung des Verhörs ab und legte es Sommer zur Unterschrift vor. Er kritzelte seinen Namenszug auf die letzte Seite. Der Verdächtige wirkte seltsam lethargisch. Zuvor hatte er die Seiten so langsam durchgelesen, als ob er sie auswendig lernen müsste.

»Könnte ich bitte mein Smartphone ausgehändigt bekommen?«, fragte er unterwürfig. »Es grenzt schon an seelische Grausamkeit, dass ich nicht online gehen kann.«

»Ein wenig *Digital Detox* kann Ihnen bestimmt nichts schaden«, meinte die Kommissarin. Sommer erwiderte nichts. Ein Streitgespräch mit einem lebenden Menschen schien nicht nach seinem Geschmack zu sein. Dabei hätte Mona ihm zu gern an den Kopf geworfen, was sie von ihm hielt – nämlich gar nichts. Doch eine solche Eskalation wäre nicht nur unprofessionell gewesen, es hätte auch das Mörder-Duo nicht entlarvt. Enno brachte Sommer zu dessen Zelle. Als der Oberkommissar zurückkehrte, scherzte Mona: »Na, du Büttel der Obrigkeit? Hast du unser armes Opfer an die Kerkerwand getackert?«

»*Büttel* bin ich noch nie genannt worden«, gab er lachend zurück. Dann sagte er: »Ich schlage vor, dass wir für heute Feierabend machen. Mit etwas Glück können wir morgen aus Oldenburg ein Analyseergebnis des Tagebuchs bekommen. Oltbeck wird zwar nicht begeistert davon sein, dass uns der einzige Mordverdächtige von der Fahne gegangen ist – aber Sommer war es nicht, so unsympathisch ich den Bengel auch finde. Es sei denn, die DNA-

Analyse beweist seinen Aufenthalt im Bus, dann müssen wir neu überlegen.«

»Wir könnten morgen weiter nach Zeugen Ausschau halten«, meinte Mona, obwohl sie sich keine großen Hoffnungen machte, »außerdem werden morgen in der Presse die Kopien meines Phantombild-Kunstwerks erscheinen. Vielleicht bringt es ja etwas.«

»Wir sind auf einem guten Weg«, behauptete Enno, »schlaf dich aus, dann gehen wir morgen mit frischer Energie ans Werk.«

Mit diesen Worten packte er seine Unterlagen zusammen und verließ den Raum. Mona beneidete ihren Kollegen manchmal um seine Gemütsruhe, die von oberflächlichen Menschen für Trägheit gehalten wurde. In Wirklichkeit war der Oberkommissar ein Mann, der sehr vorausschauend dachte – und mit seinen Annahmen meist richtig lag. Die Kommissarin war jedenfalls noch viel zu aufgedreht, um sich jetzt ins Bett legen zu können. Es dauerte noch Stunden bis zum Sonnenuntergang. Sie sehnte sich vor allem nach Jan, seit den frühen Morgenstunden hatte sie ihn nicht mehr gesehen ... seit dem Gespräch über ihre zukünftige Elternschaft. Eine Unterredung, die genau genommen gar nicht stattgefunden hatte. Die Kommissarin verabschiedete sich noch von Grietje, dann fuhr sie zum Hafen. Sie wollte nicht allein in ihrem Haus an der Grönlandstrate sitzen, und Rufus würde es auch noch ein paar Stunden länger bei Lisa aushalten. Darum fuhr sie auf der lang gestreckten Reedestraße Richtung Hafen, wo sich das Lokal ihres Mannes befand. Die *Nordsee Kajüte* hatte ihre Stammgäste, es gab aber auch immer wieder Laufkundschaft. Dies wurde der Kommissarin an diesem Abend besonders deutlich. Als sie den mit allerlei maritimem Krimskrams wie Rettungsringen, Sextanten und Fischernetzen dekorierten Schankraum betrat, saß eine wohlbekannte Gestalt auf einem Barhocker, wo sie sich offenbar bestens mit dem hinter der Theke stehenden Jan unterhielt.

»Da ist sie ja endlich!«, rief Ella Zäuner Mona zuwinkend. Ihre Stimme hatte einen leicht vorwurfsvollen Unterton. So, als ob die beiden miteinander verabredet gewesen wären und die Kommissarin sich verspätet hätte.

Kapitel 14

Mach jetzt bitte keine Szene!
Monas innere Stimme der Vernunft klang äußerst eindringlich. Ob dies etwas nützen würde, stand auf einem anderen Blatt. Sie knipste erst einmal ein unverbindliches Lächeln an und kam näher, wobei sie bewusst langsam ging. Ihr Pulsschlag war trotzdem schon in die Höhe geschnellt. Sie glaubte gar nicht ernsthaft, dass diese Frau ihre Ehe gefährden könnte. Jan war in der Vergangenheit nicht untreu gewesen, sie selbst hingegen schon – was sie zutiefst bereut hatte. Mona ärgerte sich einfach über die Unverfrorenheit, mit der Ella Zäuner sich in ihr Leben drängte. Dass diese Frau dabei vielleicht gar keine dunklen Absichten verfolgte, war für die Kommissarin auch kein Trost. Mona beugte sich über die Theke und gab Jan einen Kuss.

»Ich finde, ihr passt hervorragend zusammen«, freute Ella Zäuner sich, »ich habe mich schon auf dem Weg hierher gefragt, wie wohl der Mann an deiner – Pardon: an Ihrer Seite sein mag. Wollen wir uns nicht doch duzen?«

»Ihr siezt euch immer noch?«, warf Jan ein. »Es kam mir so vor, als ob deine Freundin und du einander schon eine halbe Ewigkeit kennen würdet.«

Ella hat gewiss alles getan, um diesen Eindruck entstehen zu lassen, dachte Mona grimmig. Sie konnte offenbar nichts erreichen, indem sie die aufdringliche Person von sich wegstieß. Also musste sie ihre Taktik ändern.

»Ja, ich muss wohl allmählich aus meinem Schneckenhaus kommen«, scherzte sie. »Zapfst du mir bitte ein Bier, Schatz? Ich habe einen anstrengenden Tag hinter mir.«

»Kommt sofort«, versicherte Jan und ließ den Gerstensaft in ein Glas laufen. In der *Nordsee Kajüte* herrschte Hochbetrieb, die blond gelockte Bedienung Lina kam mit dem Servieren kaum hinterher – und auch Lux musste in der Küche vermutlich vollen Einsatz bringen. Die Kommissarin rutschte auf den Hocker neben dem ihrer neuen »Freundin«. Als Jan das Bierglas vor sie hinstellte, bedankte sie sich und prostete Ella zu: »Meinetwegen können wir uns duzen – du hast ja offenbar tatsächlich nichts mit meinem aktuellen Fall zu tun. Ich bin also Mona, wie du wahrscheinlich schon mitbekommen hast.«

Die Kommissarin musste sich nicht die Frage stellen, wie Ella Zäuner herausgefunden hatte, wo ihr Ehemann arbeitete und wie er hieß. Wenn die Hobbydetektivin sich ein wenig unter den Insulanern umgehört hatte, würde sie diese Information schnell bekommen haben. Mona war auf Borkum ziemlich bekannt. Ella hob lächelnd ihr Glas: »Ich wusste, dass du auftauen würdest, sobald wir uns etwas besser kennengelernt haben.«

Träum weiter, dachte die Ermittlerin. Ella Zäuner hatte sich nach ihrer letzten Begegnung umgezogen. Sie trug nun ein knielanges Sommerkleid mit einem Retro-Paisleymuster und einer dazu passenden Halskette aus Bernstein. Außerdem war sie dezent geschminkt. Mona musste sich eingestehen, dass dieser Stil ihr zusagte. So ein Kleid hätte ihr selbst auch gefallen. Allerdings würde sie sich lieber auf die Zunge beißen, als dies Ella gegenüber preiszugeben. Sie sagte: »Du bist ja sehr an meinen Lebensumständen interessiert, aber ich weiß bisher nur sehr wenig über dich. Das sollten wir ändern, oder?«

»Mein Leben ist nicht halb so interessant wie deines, Mona.«

»Mit anderen Worten: Du willst nichts von dir erzählen, hast aber schon viel über mich in Erfahrung gebracht.«

»Dieser Eindruck täuscht«, wiegelte Ella ab, »und ich kann dir gern etwas über mich berichten. Aber falls dir vor Langeweile die Augen zufallen, ist das nicht meine Schuld. Also: Ich habe das Gymnasium mit Bestnoten abgeschlossen und mithilfe eines Hochbegabten-stipendiums ein Informatikstudium begonnen.«

Mona trank einen Schluck Bier und versuchte wieder einmal, diese Frau richtig einzuschätzen. Hochbegabung? Informatik? Die Kommissarin war keine Arbeitsmarktexpertin. Es fiel ihr jedenfalls schwer, zu glauben, dass Ella trotz ihrer Fähigkeiten momentan arbeitslos war – oder eben »zwischen zwei Jobs«, wie sie selbst es ausgedrückt hatte.

»Das hört sich nach einer goldenen Zukunft für dich an«, meinte Mona. Ella schüttelte lächelnd den Kopf: »Es war keine echte Herausforderung, deshalb habe ich das Studium abgebrochen und in Frankfurt eine Ausbildung als Privatdetektivin begonnen. Das erwies sich leider als ein Schlag ins Wasser.«

»Aus welchem Grund? Warst du wegen deiner großen Intelligenz unterfordert?«

Mona stellte diese Fragen mit einem ironischen Unterton, wodurch sich Ella allerdings nicht beirren ließ: »Dieser Crashkurs war tatsächlich ziemlich simpel. Mir kam die Sache von Anfang an spanisch vor. Es handelte sich um eine Betrugsmasche, mit der leichtgläubigen Interessenten das Geld aus der Tasche gezogen werden sollte. Immerhin konnte ich diesen Schurken das Handwerk legen. Ich sammelte Beweismaterial und ließ es dem hessischen Landeskriminalamt in Wiesbaden zukommen. Daraufhin haben deine Kollegen die Bude dichtgemacht.«

Diese Behauptung lässt sich zumindest überprüfen, dachte die Kommissarin. Sie wurde das Gefühl nicht los, dass diese Frau sie nach Strich und Faden veräppeln wollte.

»Und danach bist du nach Borkum gekommen?«

»Nicht sofort, Mona. Erst habe ich es noch ein halbes Jahr lang als Wahrsagerin probiert. – Du musst mich gar nicht so skeptisch anschauen, die Tarotkarten enthalten eine große Weisheit, die nur richtig entschlüsselt werden muss. Leider kamen dabei einige Dinge zutage, die manche Klienten nicht hören wollten. Ich wurde offen bedroht. Daraufhin erschien es mir ratsamer, diese Dienstleistung nicht mehr anzubieten.«

»Du hättest Strafanzeige erstatten können«, sagte die Kommissarin.

»Ich habe es nicht getan, das war vielleicht ein Fehler. – Jedenfalls erzählte mir meine Freundin Rabea wenig später von ihrer geplanten Borkumreise mit den Kindern. Sie bot mir an, sie zu begleiten. Das ließ ich mir nicht zweimal sagen, ich benötigte dringend einen Tapetenwechsel. Heute sehe ich diese Entscheidung als einen Wink des Schicksals an. Es war vorherbestimmt, dass wir einander über den Weg laufen, Mona.«

Davon war die Kriminalistin ganz und gar nicht überzeugt. Warum hatte Ella gegen eine Bedrohung nicht nach Hilfe durch die Behörden gesucht? Die Antwort lag auf der Hand: Sie hatte das Kartenlegen als Schwarzarbeit betrieben und wollte die Sache deshalb lieber unter den Teppich kehren. Mona sagte: »Wenn du von meinem Beruf so begeistert bist, dann frage ich mich, warum du dich nicht bei der Polizei beworben hast. Mit deinen Informatikkenntnissen wärst du zweifellos eine sehr wertvolle Kollegin.«

Ella zuckte mit den Schultern: »Das habe ich getan. Aber bei der medizinischen Eignungsuntersuchung wurde bei mir ein angeborener Herzfehler festgestellt. Nichts Dramatisches, aber für den

Polizeidienst kam ich nicht infrage. Natürlich hätte ich mich als Angestellte bewerben können, um dann den ganzen Tag lang vor dem PC zu sitzen. Und das wäre mir schnell zu langweilig geworden. Inzwischen habe ich sowieso etwas Besseres vor.«

»Lass hören!«

»Nee, Mona – das ist vorerst noch eine Überraschung. Aber ich werde dir verraten, warum ich mich so sehr für dich interessiere. Ich stehe nicht auf Frauen, falls das deine Befürchtung ist. Ich möchte wirklich einfach nur deine Freundin sein. Aber unabhängig davon denke ich, dass der Buskiller dich und deinen Kollegen genau im Auge behält.«

Mona lag die Bemerkung auf der Zunge, dass Ella sich nicht schon wieder in die Ermittlungen einmischen sollte. Aber sie bremste sich und fragte stattdessen: »Wie kommst du darauf?«

»Es erscheint mir logisch. Der Mörder ist noch nicht gefasst, andernfalls hättet ihr dies schon verkündet. Also muss der Täter verhindern, dass ihr die richtige Spur verfolgt. Wie er das anstellen will, weiß ich auch nicht. Er will sich vielleicht einfach nur vergewissern, dass er noch in Sicherheit ist – und rechtzeitig flüchten kann, bevor ihr ihm zu nahe kommt.«

Im ersten Moment hielt die Kommissarin diese Überlegung für reichlich weit hergeholt – aber war das wirklich so? Sie musste an die Krimi-Podcasterin denken. Hatte Silke Reiners nicht versucht, mehr über den aktuellen Fall zu erfahren? Lag dies wirklich nur in ihrer Tätigkeit begründet – oder war sie eine Komplizin des mörderischen Duos? Es konnte nichts schaden, Silke Reiners genauer zu durchleuchten – dies galt allerdings auch für Ella Zäuner. Spielten vielleicht sogar beide Frauen mit gezinkten Karten? Mona hatte jedenfalls nicht vor, sich ihren nächsten Schachzug anmerken zu lassen. Sie zwang sich zu einem unverbindlichen Lächeln: »Vielleicht trifft ja wirklich zu, was du behauptet hast – aber du weißt, dass ich mit dir keine Details des Falls besprechen darf. Stattdessen erzähle ich dir lieber etwas über die liebenswerten Bewohner dieser Insel. Es gibt hier nämlich einige wirklich bemerkenswerte Originale ...«

*

Einige Stunden später konnten Jan und Mona die *Nordsee Kajüte* endlich abschließen. Ella hatte sich gegen 23 Uhr verabschiedet, sie schien mit dem Verlauf des Abends vollauf zufrieden zu sein. Vor dem Verlassen des Lokals hatte sie Mona sogar umarmt, bevor die Kommissarin dies verhindern konnte.

»Wir sehen uns dann morgen!«

Wie werde ich diese Frau jemals wieder los?, rätselte die Ermittlerin; wobei sie sich eingestehen musste, dass sie das Beisammensein mit Ella eigentlich ganz angenehm gefunden hatte. Jan verfrachtete ihr Fahrrad in sein Auto, bevor sie sich auf den Heimweg zur Grönlandstrate machten.

»Deine Freundin ist nett«, meinte ihr Mann. Mona wusste, dass Jan mit den meisten Menschen gut auskam. Während sie im zwischenmenschlichen Kontakt immer wieder aneckte, konnte er oft spontan eine Verbindung zu Leuten aufbauen, die er gerade erst kennengelernt hatte. Vielleicht machte dies einen guten Gastronomen aus.

»Wenn du meinst ... hat sie sich dir eigentlich so vorgestellt? ›Hallo, ich bin eine Freundin deiner Frau‹?«

»Ja, sinngemäß hat sie das tatsächlich gesagt, Mona. – Wieso, stimmt zwischen euch etwas nicht? Ich habe mich schon gewundert, weil ihr euch immer noch siezt. Ansonsten habe ich von eurem Gespräch nicht viel mitbekommen. Du hast ja gesehen, wie viel zu tun war.«

Die Kommissarin hatte es sich auf dem Beifahrersitz bequem gemacht. Sie schaute zum Neuen Leuchtturm hinüber, dessen Lichtstrahlen wie riesige Geisterfinger die Dunkelheit zerteilten.

»Jan, diese Freundschaft ist äußerst einseitig. Ich habe Ella bei meiner aktuellen Ermittlung kennengelernt. Sie hat wohl mit dem Mord nichts zu tun. Und jetzt unternimmt sie alles, um meine Sympathie zu gewinnen.«

»Das kann ich verstehen, du bist eben einmalig«, meinte Jan und warf ihr einen verliebten Blick zu. Mona konnte immer noch nicht gut mit Komplimenten umgehen – noch nicht mal, wenn sie von ihrem Ehemann kamen. Sie spürte, dass ihre Ohren vor Verlegenheit rot wurden: »Du alter Schmeichler! ... Immerhin hat mich diese Frau auf eine Idee gebracht, die ich morgen nach Dienstbeginn gleich in die Tat umsetzen werde.«

118

»Du wirst das Kind schon schaukeln«, brummte Jan und gähnte verhalten. Kind? Sie wusste natürlich, dass er mit seinem Spruch nur ausdrücken wollte, dass sie ihre Arbeit immer gut erledigte. Aber wäre es nicht eine hervorragende Gelegenheit, an dieser Stelle einzuhaken – und die eigene Nachwuchsplanung anzusprechen? *Mein Göttergatte ist jetzt müde, das ist nicht der passende Zeitpunkt.* Mit dieser Ausrede brachte Mona sich selbst zum Schweigen, wofür sie sich prompt verachtete. Das Gespräch schlief ein. Als die beiden eine Stunde später im Bett lagen, hatte die Kommissarin sich etwas beruhigt. Sie war doch erschöpfter, als sie sich selbst eingestehen wollte. Jedenfalls fielen ihre Augen bemerkenswert schnell zu.

Kapitel 15

Als Mona aufwachte, war es laut der Digitalanzeige ihres Radioweckers 3.11 Uhr morgens. Es fiel ihr schwer, aus dem Schlaf zurück in die wirkliche Welt zu finden. Dieser schrille Schrei, den sie soeben gehört hatte – war er real gewesen oder Teil eines Traums? Sie lauschte, aber momentan vernahm sie nur die leisen Töne, die der durch die Baumwipfel und Hecken rauschende Wind verursachte. Die Kommissarin drehte sich auf die andere Seite.

Und wenn nun doch jemand in Not ist? Dieser Gedanke ließ sie nicht los. Sie musste sich vergewissern. Jan konnte nicht in Schwierigkeiten stecken. Er lag neben ihr und atmete tief und gleichmäßig, wie er es im Schlaf meistens tat. Es wäre sinnlos gewesen, ihn zu wecken und zu fragen, ob er etwas gehört hätte. Mona kroch aus dem Bett. Sie war nur mit T-Shirt und Slip bekleidet. Eine Schusswaffe hatte sie nicht im Haus, ihre Dienstpistole ließ sie nach Feierabend auf der Wache. Außerdem war absolute Aufmerksamkeit ihrer Meinung nach der beste Selbstschutz. Daher ging sie zunächst kurz ins Bad und wusch sich das Gesicht mit eiskaltem Wasser. Danach fühlte sie sich wach genug, um nicht blindlings in eine Falle zu tappen. Auf Zehenspitzen schlich sie die Treppe hinunter. Dabei ließ sich das eine oder andere leise Knarren oder Knarzen nicht vermeiden, denn ihr Haus war alt. Wenn ein Fremder eingedrungen wäre, hätte sie dies bemerkt – zumindest bildete sie es sich ein. Sie schaute sich im Erdgeschoss um, ohne die Lampen einzuschalten. Weder im Wohnzimmer noch in der Küche oder den anderen Räumen konnte sie etwas Verdächtiges entdecken. Und wie sah es draußen aus? Mona befürchtete, nicht wieder einschlafen zu können, wenn sie weiter hier herumgeisterte. Trotzdem wollte sie zumindest eine Runde ums Haus drehen, um sich Gewissheit zu verschaffen. Sie öffnete die Haustür, spürte den kalten Nachtwind auf ihrer Haut. Ob im Garten ein Angreifer lauerte? Darauf deutete nichts hin. Aber als die Kommissarin die östliche Ecke des Hauses erreichte, erblickte sie dort einen leblosen Körper. Trotz der Finsternis kam ihr das helle Sommerkleid sehr bekannt vor. Ella Zäuner lag seltsam verkrümmt auf dem Boden. Sie war bewusstlos, Blut sickerte aus einer Kopfwunde. Mona kniete sich neben sie, tastete nach dem Puls. Die Verletzte lebte noch. Die Kommissarin rannte ins Haus zurück und alarmierte den Notarzt.

Dann schnappte sie sich ein sauberes Handtuch und kehrte zu der Verletzten zurück und versuchte provisorisch, die Blutung zu stoppen. Ob sie ihren Mann wecken sollte? Nach kurzem Überlegen entschied sie sich dagegen. Jan hatte garantiert nichts bemerkt. Er würde auch vom Eintreffen des Rettungswagens nicht aufwachen. Was war hier geschehen? Darüber konnte sie sich später den Kopf zerbrechen. Zum Glück dauerte es nicht allzu lange, bis der RTW eintraf. Diesmal war nicht Dr. Siemers im Einsatz, der ja auch irgendwann einmal Feierabend haben musste. Während der Nachtschicht arbeitete Frau Dr. Hoffmann im Rettungsdienst. Mona und die blonde Medizinerin mit der Hornbrille kannten einander schon länger.

»Moin, Frau Sander. Was ist denn passiert?«

»Das wüsste ich auch gern. Diese Frau ist eine … Bekannte von mir«, erklärte die Kommissarin. Sie fügte hinzu: »Wir haben gestern Abend gemeinsam ein paar Gläser im Lokal meines Mannes getrunken. Vielleicht ist sie hier erschienen, weil sie mir noch etwas mitteilen wollte.«

Und damit konnte sie nicht bis zum Sonnenaufgang warten?, dachte Mona zweifelnd. Sie trat zur Seite, damit sich die Ärztin und die Sanitäter um das Opfer kümmern konnten. Die Kommissarin stieß mit dem Fuß gegen Ella Zäuners Handtasche, die ein Stück weit von ihr entfernt lag. Mona ging damit ins Haus, wo sie inzwischen die Lampen eingeschaltet hatte. In der Tasche entdeckte sie weder eine Waffe noch ein Werkzeug, nur unverfängliche Alltagsgegenstände wie Papiertaschentücher oder Lippenstift. Die Kommissarin holte ihr Smartphone, rief Enno an. Es dauerte eine Weile, bis sie seine verschlafene Stimme hörte.

»Was ist passiert, Mona?«

»Es tut mir echt leid, dich um deine Nachtruhe bringen zu müssen … Ella Zäuner ist vor meinem Haus niedergeschlagen worden. Ich fürchte, dies könnte etwas mit unserem Mordfall zu tun haben.«

»Wie geht es dir? Und Jan?«

»Uns fehlt nichts. Wir haben geschlafen, bis ich einen Schrei hörte.«

»Ich bin so bald wie möglich bei dir.«

Mit diesen Worten legte Enno auf. Genau wie seine Kollegin besaß er privat kein Auto. Also würde er von seinem Haus in der Julianenstraße zur Wache eilen, um sich den Dienstwagen zu schnappen. Von der Polizeistation bis zur Grönlandstrate benötigte man mit einem Pkw knapp zehn Minuten. Mona zog sich schnell eine Jeans, Sneakers und einen Kapuzenpullover über, bevor sie wieder nach draußen ging. Die Sanitäter hievten das Opfer soeben auf eine Trage.

»Es besteht der Verdacht auf einen Schädelbasisbruch«, teilte Frau Dr. Hoffmann der Kommissarin mit. »Wir nehmen die Patientin mit ins Hospital, aber eventuell muss ich sie ausfliegen lassen. Das kann ich noch nicht beurteilen.«

In dem kleinen Borkumer Inselkrankenhaus konnten einfache medizinische Notfälle versorgt werden, aber kompliziertere Behandlungen musste man auf dem Festland vornehmen. Mona bedankte sich für die schnelle Hilfe und fügte hinzu: »Ich melde mich später telefonisch.«

Nachdem der Rettungswagen weggefahren war, schaute die Kommissarin sich mithilfe einer Taschenlampe genauer um. Eine Armeslänge von der Hausecke entfernt befand sich das Küchenfenster. Am Rahmen entdeckte sie frische Einbruchspuren, aber das Fenster war nach wie vor verschlossen. Jemand hatte also versucht, auf diesem Weg ins Haus zu gelangen. Aber wer? Und zu welchem Zweck? Während Mona noch darüber nachdachte, hörte sie das wohlbekannte Motorengeräusch des Dienstwagens, der von der Wilhelm-Feldhoff-Straße aus in die Grönlandstrate einbog. In dieser ruhigen Wohngegend herrschte nachts kaum Straßenverkehr. Enno eilte auf Mona zu – unrasiert, aber halbwegs wach. Sie umarmte ihn spontan und berichtete von dem Verdacht, den Ella Zäuner geäußert hatte.

»Die Podcasterin hat es ja wirklich darauf angelegt, mich auszu-horchen«, fügte die Kommissarin hinzu, »aber ich war davon ausgegangen, dass sie eine Sendung über den ›Buskiller‹ machen wollte. Ich wäre nie auf den Gedanken gekommen, dass sie diese Person sein könnte – oder ihr Komplize, wer immer das sein mag. – Vermutlich hat sie versucht, in mein Haus einzubrechen, und ist dabei von Ella Zäuner überrascht worden, die unbedingt meinen Schutzengel spielen musste!«

»Könnte nicht auch deine neue ,Freundin' versucht haben, ins Innere zu gelangen? Du hast sie mir als ziemlich grenzüberschreitend beschrieben.«

»Das habe ich auch gedacht, Enno. Aber die Spuren am Fensterrahmen stammen von einem Messer, einem Stemmeisen oder einem sonstigen Metallgegenstand. Und Ella hatte nichts dergleichen bei sich. – Ich hoffe wirklich, dass sie den Angriff überlebt!«

Der Oberkommissar legte beruhigend seine Hand auf ihre Schulter: »Für mich ist es ein echter Freundschaftsbeweis, dass sie auf dich achtgeben wollte. – Und Silke Reiners könnte also den Einbruchversuch in der Hoffnung begangen haben, dass du Ermittlungsakten mit nach Hause genommen hast?«

Unmöglich war das nicht – und falls die Podcasterin tatsächlich an dem Mord beteiligt war, hatte sie ihre Abgebrühtheit bereits unter Beweis gestellt. Einer solchen Person war es auch zuzutrauen, bei einer Polizei-Pressekonferenz aufzutauchen und die Nähe einer Ermittlungsbeamtin zu suchen.

»Warum hat Silke Reiners sich an mich herangemacht und nicht an dich, obwohl du ranghöher bist?«, dachte Mona laut nach.

»Ja, und ich bin außerdem viel attraktiver als du«, scherzte Enno augenzwinkernd.

»Doofmann!«, gab sie lachend zurück. »Wahrscheinlich hat sie angenommen, dass alle reifen Herren auf junge Frauen stehen und du ihr gleich an die Wäsche gehen würdest. – Wie auch immer: Wir dürfen sie nicht merken lassen, dass wir misstrauisch geworden sind.«

»Zunächst müssen wir uns vergewissern, ob es sich bei ihr wirklich um die Täterin oder die Komplizin des Täters handelt«, mahnte der Oberkommissar. An Schlaf war jetzt nicht mehr zu denken. Die Ermittler fuhren zur Wache, wo Enno erst einmal einen Tee kochte. Mona schaltete ihren PC ein und jagte zunächst den Namen Silke Reiners durch die polizeilichen Datenbanken. Dort war kein Eintrag zu finden, aber die Kommissarin wurde in einer allgemeinen Suchmaschine fündig. Als ihr Kollege mit dem Heißgetränk hereinkam, hatte sie einen längeren Artikel bereits halb durchgelesen: »Das musst du sehen, Enno! Bei unserer Podcasterin handelt es sich um eine studierte Psychologin, die in einen Skandal um Gefälligkeitsgutachten verwickelt war. Man hat ihr zwar nichts strafrechtlich Relevantes nachweisen können, aber seitdem praktiziert sie nicht mehr in ihrem Beruf, sondern betreibt diesen Podcast.«

»Und von so etwas kann man leben? Ich dachte immer, dieses Medium würde man als Hobby betreiben, so wie Brieftaubenzucht.« »In den meisten Fällen ist das wohl wirklich so«, meinte die Kommissarin. »Dieser Zeitungsbericht ist zwei Jahre alt. Es wäre interessant zu erfahren, wovon die Frau während der Zeit gelebt hat.«

»Konntest du etwas über einen Ehemann oder Freund in Erfahrung bringen?«, fragte Enno. »Mir fehlt bei dem Mörder-Duo immer noch die zweite Person.«

»Noch wissen wir nicht, wo die Dame hier auf der Insel untergekommen ist«, stellte Mona fest. »Ich gehe mal davon aus, dass sie mit ihrem Komplizen zusammenlebt. Sobald wir von der Touristeninformation die Adresse bekommen, sollten wir den beiden einen Besuch abstatten.«

Enno hatte auf seinem Bürostuhl Platz genommen und trank seinen geliebten Ostfriesentee in kleinen Schlucken. Nachdenklich schaute er auf die frühmorgendlich-stille Strandstraße hinaus. Die Sonne ging auf Borkum im August gegen sechs Uhr auf, bis dahin war noch Zeit.

»Mir wäre wohler, wenn ich ein Mordmotiv erkennen könnte«, dachte er laut nach, »die Podcasterin scheint eine intelligente Frau zu sein, bei ihr kann man eine dumme Racheaktion a la Kai Sommer ausschließen. Also könnte es etwas Persönliches sein – aber noch wissen wir nicht, ob sie überhaupt die Täterin ist. Ebenso könnte ihr Begleiter zugestochen haben, und der ist für uns bisher ein völlig Unbekannter.«

Die Ermittler versuchten, noch mehr Informationen über Silke Reiners zu bekommen, was sich als schwierig erwies. Sie hielt sich in den sozialen Medien zurück. Von ihr existierten im Internet nur wenige Porträtfotos, die von ihrem Podcast stammten. Aber dann entdeckte Mona einen älteren Artikel mit dem Titel: »Gutachterin Silke R.: Die Schöne und das Bruder-Biest.« In dem Text war zwar der Nachname auf den ersten Buchstaben verkürzt worden, man hatte das Foto aber trotzdem damit verlinkt. Auf dem Bild war Silke Reiners zu sehen, wie sie an der Seite eines Mannes ein Gerichtsgebäude verließ. Die andere Person hielt sich einen Aktendeckel vor das Gesicht. Mona überflog den Text: »Die Podcasterin hat offenbar versucht, als psychologische Gutachterin für ihren jüngeren Bruder Felix auszusagen, was der Richter abgelehnt hat. Das ist eigentlich logisch, ein klassischer Fall von

Befangenheit. Das hätte ihr eigentlich klar sein müssen, trotzdem hat sie deshalb einen Skandal vom Zaun gebrochen. Immerhin ist ihr Bruder mit einer Bewährungsstrafe davongekommen, darum konnte er das Gebäude auch mit ihr zusammen verlassen.«

»Wie lautete die Anklage?«, wollte Enno wissen.

»Er wurde wegen Körperverletzung verurteilt – eine gewisse Aggressionsbereitschaft kann man bei dem Bengel also schon voraussetzen«, erwiderte Mona. Nachdenklich fuhr sie fort: »Der Tatverdächtige und das Opfer haben keineswegs in derselben Stadt gelebt, noch nicht einmal in der gleichen Region. Ob Felix Reiners den Mordaufrufen unseres speziellen Freundes ›Todesengel 0.3‹ gefolgt ist?«

»Darüber könnte man spekulieren«, erwiderte ihr Kollege, »aber besser wäre es, ihm oder seiner Schwester die Tat mithilfe von Indizien nachweisen zu können.«

»Es wäre gut, wenn Ella Zäuner ihren Angreifer oder ihre Angreiferin identifizieren könnte. – Wann wir wohl im Krankenhaus anrufen und uns nach ihrem Zustand erkundigen können? Was denkst du, Enno?«

»Im Lauf des Vormittags werden wir sicher eine Auskunft erhalten«, erwiderte er. Die nächsten Stunden verbrachten die Kommissare damit, weitere Informationen über Silke und Felix Reiners zu sammeln – mit mäßigem Erfolg. Mona konnte immerhin ein Foto entdecken, das noch während der Studienzeit aufgenommen worden war. Es zeigte Silke Reiners gemeinsam mit einigen anderen angehenden Psychologinnen. Eine von ihnen hieß Marina Schulte, sie hatte inzwischen eine eigene Praxis in Delmenhorst. Mona fand ihre Mobilnummer und rief sie sofort an. Dabei bedachte die Ermittlerin nicht, dass es momentan noch vor sechs Uhr früh war. Entsprechend lange dauerte es, bis eine verschlafene Frauenstimme ertönte.

»Ja?«

»Moin, ich bin Kommissarin Sander von der Polizei Borkum. – Spreche ich mit Marina Schulte? Haben Sie mit Silke Reiners zusammen studiert?«

»Wenn das ein Scherz sein soll, kann ich nicht darüber lachen.«

»Es ist wichtig!« rief Mona. »Sie können mich bei der Polizeistation erreichen, wenn Sie mir nicht glau...«

Aber bevor sie den Satz beenden konnte, hatte die Frau aufgelegt.

»Was hattest du dir von dem Telefonat erhofft?«, wollte Enno wissen.

»Das kann ich selbst nicht so genau sagen – vielleicht hätte ich von der Dame etwas über die Persönlichkeit ihrer ehemaligen Mitstudentin erfahren können, aber ihre Nachtruhe ist ihr offenbar wichtiger.«

Mona sprach nicht weiter, denn nun klingelte ihr Telefon. Polizeimeisterin Aiske Berend war am Apparat. Sie saß während der Nachtschicht in der Zentrale.

»Hier hat soeben eine gewisse Marina Schulte angerufen, die dich sprechen will. Ich stelle das Gespräch durch.«

»Danke, Aiske.«

Es knackte in der Leitung, und gleich darauf ertönte die Stimme der Psychologin.

»Ich muss mich entschuldigen, Frau Sander. Sie haben mich vor ein paar Minuten aus dem Tiefschlaf gerissen, ich glaubte im ersten Moment wirklich an einen Telefonstreich. Aber es kam mir bei näherem Nachdenken unwahrscheinlich vor, dass ein solcher Witzbold sich ausgerechnet als Borkumer Polizistin ausgeben würde. Also musste ich mich vergewissern.«

»Schon gut, Ihr Misstrauen war berechtigt. Heutzutage gibt es leider zu viele Anrufe unter falscher Flagge. – Mein Kollege und ich sind im Rahmen einer Ermittlung auf Silke Reiners gestoßen, und wir benötigen dringend mehr Informationen über sie.«

»Ich fürchte, dass ich Ihnen nicht weiterhelfen kann.«

Die Kommissarin bemerkte, dass ihre Stimme sich nun kühl und reserviert anhörte.

»Haben Sie keinen Kontakt mehr?«

»Das trifft zu, Frau Sander. Schon in der Schlussphase des Studiums hatten wir kaum noch etwas gemeinsam.«

»Dann waren Sie also keine engen Freundinnen?«

Marina Schulte lachte, als ob Mona unfreiwillig etwas Komisches gesagt hätte: »Silke hatte überhaupt keine Freundinnen, und enge schon gar nicht. Kennen Sie den Begriff ›meines Bruders Hüter‹? Er stammt aus der Heiligen Schrift.«

»So bibelfest bin ich nicht«, musste Mona zugeben.

»Wie auch immer – jedenfalls traf dies hundertprozentig auf Silke zu. Sie war ›ihres Bruders Hüter‹ – was Felix auch bitter nötig hatte, denn er brachte sich immer wieder in Schwierigkeiten. Ermitteln Sie gegen ihn?«

»Auf jeden Fall werden wir ihn in Bälde befragen«, wich die Kommissarin aus.

»Dann sollten Sie auf sich achtgeben, denn Felix verliert schnell die Nerven«, riet Marina Schulte. »Ich habe ihn nur ein oder zweimal persönlich erlebt. Meiner Meinung nach gehört er wegen seiner Aggressionsprobleme in Behandlung, aber Silke hat sich damals eingebildet, ihn im Griff zu haben. Wahrscheinlich denkt sie das immer noch, denn sie rückt von ihren einmal gewonnenen Überzeugungen nicht mehr ab.«

»Wussten Sie, dass Silke Reiners seit einiger Zeit einen Krimi-Podcast betreibt?«

»Ach, tatsächlich? Nein, das war mir nicht bekannt, Frau Sander. Aber es wundert mich nicht. Ich erinnere mich an eine Vorlesung an der Uni, in der Silke den Gegensatz von Gut und Böse infrage stellte und behauptete, dass es so etwas wie Gerechtigkeit nicht geben würde.«

»Und wie ging die Diskussion aus?«, wollte Mona wissen.

»Sie brach ab, weil Silke einen Anruf bekam. Die Polizei hatte ihren Bruder wieder einmal aufgegriffen. Silke verschwand und tauchte erst eine Woche später wieder an der Uni auf. – Ehrlich gesagt war sie wegen ihrer Rechthaberei sehr unbeliebt. Als Psychologin weiß ich natürlich, dass ihre Persönlichkeit von ihrer Vergangenheit geprägt ist. Aber deshalb muss ich mich in ihrer Gegenwart nicht wohlfühlen.«

Dafür, dass sie keinen Kontakt mehr pflegt, hat sie sich aber viele Gedanken über Silke Reiners gemacht, überlegte Mona. Aber vielleicht hatte Marina Schulte zuvor niemals Gelegenheit gehabt, mit jemandem über ihre ehemalige Mitstudentin zu sprechen. Jedenfalls bedankte die Kommissarin sich für das Gespräch und legte den Hörer auf. Enno hatte über den Telefonlautsprecher alles mitgehört.

»Wenn die Podcasterin immer noch ›ihres Bruders Hüterin‹ ist, dann wird es sich bei der zweiten Person im Bus wohl wirklich um Felix Reiners handeln«, vermutete Enno.

»Ich kann es kaum abwarten, mir dieses Duo vorzuknöpfen«, grollte Mona. Sie war auf sich selbst sauer, weil sie die üblen Absichten der Täterin nicht durchschaut hatte. Und indirekt fühlte die Ermittlerin sich schuldig, weil Ella Zäuner vor ihrem Haus brutal niedergeschlagen worden war. Objektiv betrachtet hatte man diese Situation nicht voraussehen können, aber Mona war trotzdem gefrustet. Daran änderten auch die belegten Brötchen nichts, mit denen Enno sie verwöhnte; der Inselbäcker hatte um sieben Uhr kaum den Laden geöffnet gehabt, als der Oberkommissar schon als erster Kunde auf der Fußmatte stand. Die Ermittler hatten ihr Frühstück gerade beendet, als Monas Telefon erneut klingelte. Diesmal war es Tammo Poelmeyer vom kriminaltechnischen Labor Oldenburg.

»Moin, Frau Sander. – Ich wusste nicht, ob ich um diese frühe Uhrzeit schon auf Borkum anrufen kann, aber offenbar sind Sie ebenfalls schon munter.«

»Ja – und ich hoffe, dass ich von Ihnen einige Ergebnisse bekomme.«

»Es geht um die Tatwaffe bei dem Busmord und um dieses Tagebuch, nicht wahr? Da habe ich eine gute und eine schlechte Nachricht für Sie ...«

Mona befürchtete das Schlimmste. Aber nachdem sie den Ausführungen gelauscht hatte, besserte sich ihre Stimmung trotz des leichten Dämpfers.

Kapitel 16

Wie die Kommissare später bei der Touristeninformation erfuhren, hatte das Geschwisterpaar ein Ferienhaus am Süderpfad gemietet – und zwar schon seit dem 18. August!

»Die Podcasterin muss über hellseherische Fähigkeiten verfügen«, spottete Mona, während sie und Enno sich auf den Weg dorthin machten, »zumal Oltbeck erst am Zwanzigsten diese eilige Pressekonferenz aus dem Boden gestampft hat!«

»Ihr Plan hätte vielleicht auch ohne das Zusammentreffen mit dir funktioniert«, gab der Oberkommissar zu bedenken, »aber da ich diese Täterin für eine Perfektionistin halte, konnte sie sich die Gelegenheit nicht entgehen lassen, unsere Ermittlungen auszukundschaften.«

»Das wird ihr jetzt auch nichts mehr nützen«, grollte seine Kollegin. Das Ferienhaus bestand aus roten Backsteinen, wie die meisten Gebäude auf den ostfriesischen Inseln. Mit den farbenfrohen Blumenbeeten vor den Fenstern wirkte es einladend und gemütlich. Als Mona klingelte, musste sie an ihr eigenes Zuhause denken, in das während der zurückliegenden Nacht beinahe eingebrochen worden wäre. Silke Reiners öffnete die Tür. Sie trug einen Frottee-Bademantel, um ihr Haar war ein Handtuch geknotet. Offenbar hatte sie gerade geduscht, jedenfalls wurde sie vom Zitronenduft eines Waschgels umweht.

»So früh sind Sie schon auf den Beinen, Frau Sander und Herr Moll? Treten Sie doch bitte näher. Gibt es Neuigkeiten, die Sie mir mitteilen dürfen?«

»Allerdings.« Monas Stimme war schneidend, während sie an der Podcasterin vorbei ins Haus ging. Sie fügte hinzu: »Wir müssen Sie und Ihren Bruder bitten, mit uns auf die Wache zu kommen. Sie stehen unter dringendem Verdacht des gemeinschaftlichen Mordes an Karsten Bunge. Sie haben das Recht zu schweigen, müssen sich nicht selbst belasten und können einen Rechtsanwalt hinzuziehen.«

Silke Reiners Lippen kräuselten sich zu einem amüsierten Lächeln: »Wenn das ein Scherz sein soll, dann ist er ziemlich unangebracht.«

»Die Frau, die Sie vorige Nacht vor meinem Haus niedergeschlagen haben, lebt. Diese Tat werte ich als einen Mordversuch«, sagte die Kommissarin kalt. Natürlich lehnte sie sich mit diesen Worten weit aus dem Fenster. Es stand nicht fest, ob Ella Zäuner überleben würde

– und auch nicht, ob es überhaupt die Podcasterin war, die zugeschlagen hatte. Aber Silke Reiners konnte ihre Gesichtszüge nicht so perfekt kontrollieren, wie sie es gern getan hätte. Ihre Miene zeigte deutlich, dass die Täterin vor Mona stand. Und dann flackerte plötzlich Panik in ihrem Blick auf: »Felix, nein!«

Auch Enno rief seiner Kollegin eine Warnung zu. Glücklicherweise konnte Mona sich auf ihre Reflexe verlassen. Sie duckte sich und wich zur Seite aus. Dadurch verfehlte Felix Reiners sie. Er schwang einen Hammer, mit dem er ihr den Schädel einschlagen wollte. Er konnte seinen eigenen Schwung nicht mehr abbremsen. Reaktionsschnell trat Mona ihm in die Kniekehlen. Der Angreifer verlor das Gleichgewicht und landete flach auf dem Bauch. Ehe er es sich versah, hatte Mona ihm ihr Knie in den Rücken gedrückt und ihm Handschellen angelegt.

»Sofort freilassen!«, kreischte seine Schwester wütend. Sie hätte sich auf die Kommissarin gestürzt, wurde aber von Enno festgehalten.

»Ich denke, den Rest klären wir auf der Wache«, schlug Mona voller Genugtuung vor.

*

Einige Stunden später saß Silke Reiners den Kommissaren im Verhörraum der Wache gegenüber. Ihr Bruder kühlte sich in einer Arrestzelle ab, auf eine Anklage wegen der Attacke auf Mona konnte er sich auf jeden Fall gefasst machen. Ob er oder seine Schwester den Mord an Bunge begangen hatte, war allerdings noch nicht geklärt. Die Podcasterin hatte auf einen Rechtsbeistand verzichtet, worüber die Ermittlerin sich nicht wunderte. Sie hielt Silke Reiners für eine Frau, die sich nur auf sich selbst verließ. Die Verdächtige trug jetzt nicht mehr den Morgenmantel, sondern Jeans und einen Kapuzenpullover. Sie hatte sich im Ferienhaus unter den wachsamen Augen von Mona umgezogen. Nun starrte sie die Kommissarin voller Widerwillen an.

»Es war ein Fehler, die kastanienbraune Langhaarperücke nicht einfach wegzuwerfen«, sagte Mona in einem Plauderton, »wir haben nicht lange danach suchen müssen, schauen Sie mal.«

Sie hielt einen Beweismittelbeutel hoch, in dem sich das Haarteil befand.

»Jetzt kommen Sie sich wahrscheinlich ziemlich schlau vor«, giftete Silke Reiners.

»Ich bin zufrieden – allerdings nicht nur mit meinem Kollegen und mir, sondern auch mit unserer Kriminaltechnik. Sie haben zwar die letzte Seite aus Bunges Tagebuch gerissen, aber nicht bedacht, dass der Kugelschreiber ein wenig auf das nächste Blatt durchgedrückt hat. Bunge vertraute seinen Aufzeichnungen an, dass er von einer Podcasterin namens Silke Reiners kontaktiert wurde, die mit ihm über diesen absurden Mordvorwurf gegen ihn sprechen wollte. Er hatte abgelehnt – aber ist das wirklich ein Grund, um ihn zu töten?«

Leider war es der Kriminaltechnik nicht gelungen, auf dem Küchenmesser verwertbare Fingerabdrücke nachzuweisen. Daher blieb immer noch unklar, ob der Bruder oder die Schwester zugestochen hatte. Die Podcasterin schwieg, also redete die Ermittlerin einfach weiter: »Erinnern Sie sich noch an die Reiterin, der wir am Tatort begegnet sind? Sie hat mich vor einer halben Stunde angerufen. Ihr fiel ein, dass Sie ihr am 20. August um kurz nach 10 Uhr entgegengekommen sind – Sie und Ihr Bruder. Aber bei dieser Gelegenheit trugen Sie noch die Perücke.«

»Felix ist unschuldig!«, platzte Silke Reiners heraus, ohne auf Monas Worte einzugehen.

»Am besten erzählen Sie uns einfach, wie es zu der Tat gekommen ist«, schlug Enno vor. Zögernd begann die Verdächtige zu reden: »Natürlich habe ich zur Kenntnis genommen, dass Bunge nicht mit mir reden wollte. Aber ich bin kein Mensch, der ein Nein einfach hinnimmt. Dass Bunge hier auf der Insel wieder als Busfahrer arbeitete, habe ich von ihm selbst erfahren, als er mich abwimmeln wollte. Und es gibt nur eine Buslinie.«

An dieser Stelle hakte Mona nach: »Bunge hat Sie also nicht erkannt?«

»Nein, Frau Sander. Ich habe ihm keine Fan-Postkarte geschickt, als ich Kontakt mit ihm aufnahm. Wahrscheinlich hat er sich nicht die Mühe gemacht, im Internet nach Fotos von mir oder meinem Podcast zu suchen. – Jedenfalls sagte ich ihm, wer ich bin. Er blieb stur und wollte nach wie vor keinen Beitrag über sich hören.«

Mona schüttelte den Kopf: »Sie sollten uns nicht für dumm verkaufen. Wenn es so war, wie Sie behaupten – aus welchem Grund hatten Sie ein Messer dabei und sich mithilfe einer Perücke getarnt?«

Mit diesem Einwand schien die Verdächtige nicht gerechnet zu haben. Entsprechend lahm fiel ihre Rechtfertigung aus: »Das Haarteil hatte ich nur aufgesetzt, weil ich nicht wissen konnte, ob Bunge in mir wirklich nicht die Podcasterin erkennen würde, von der er nichts wissen wollte. Und das Messer hatte ich nur zur Selbstverteidigung bei mir.«

Mona erinnerte sich an Lohfinks Aussage – und diesmal hatte sie keinen Grund, an der Darstellung des Pensionsgastes zu zweifeln: »Wir haben herausgefunden, dass Sie schon bei einer früheren Gelegenheit am Georg-Schütte-Platz in den Bus gestiegen sind und dabei länger mit Bunge gesprochen haben. Auch bei dieser ersten Begegnung trugen Sie die Perücke – oder sind Sie noch öfter mit dem Busfahrer in Kontakt getreten?«

Silke Reiners senkte den Kopf und presste die Lippen aufeinander. Nach einer längeren Gesprächspause sagte sie: »Ich bin hartnäckig, das werden Sie aus eigener Erfahrung bestätigen können. – Ja, ich gebe zu, dass ich in der vorigen Nacht in Ihr Haus eindringen wollte. Ich hoffte, einen Blick in Ihre Aufzeichnungen oder Fallakten werfen zu können. Und plötzlich war diese Frau neben mir. Ich schlug mit meinem Stemmeisen zu, das war eine Reflexhandlung. Ich wollte sie nicht ernsthaft verletzen.«

Das kannst du deiner Großmutter erzählen, dachte Mona. Sie betrachtete es als einen Teilerfolg, dass die Podcasterin nun die gefährliche Körperverletzung an Ella Zäuner gestanden hatte. Die Kommissarin sagte: »Sie hatten also bereits zuvor am Georg-Schütte-Platz persönlich mit Bunge gesprochen. Gaben Sie sich da schon als die Krimi-Podcasterin zu erkennen?«

»Nein, es ging mir nur darum, eine Verbindung zu ihm aufzubauen. Ich wollte Vertrauen schaffen, Frau Sander. Am nächsten Tag stieg ich dann nach unserer Wanderung im Ostland gemeinsam mit meinem Bruder in den Bus. Nachdem der andere Passagier wieder ausgestiegen war, gab ich mich als die Krimi-Podcasterin zu erkennen. Bunge blieb abweisend, wollte mich aus dem Bus werfen. Das machte mich wütend. Ich mag es nicht, wenn man mich respektlos behandelt. Also hielt ich Bunge das Messer an den Hals und zwang ihn, von der Hauptstraße abzubiegen und den Bus zum Stehen zu bringen. Er versuchte, mir die Stichwaffe abzunehmen. Da habe ich zugestoßen, das war wie ein Reflex.«

»Und Ihr Bruder hat nichts unternommen?«

Ennos Stimme war seine Skepsis anzuhören.

»Felix würde sich niemals gegen mich stellen«, behauptete die Verdächtige. Mona runzelte die Stirn. Diese Aussage kam ihr äußerst unglaubwürdig vor. Ein Mord, weil sich Bunge nicht interviewen lassen wollte? Das war nach Meinung der Kommissarin kein überzeugendes Motiv. Wahrscheinlicher erschien ihr, dass Felix Reiners für den Tod des Busfahrers verantwortlich war. Wer so unkontrolliert ausrastete wie der junge Mann es in der Vergangenheit schon getan hatte, dem war ein Menschenleben nicht viel wert.

»Ich denke, dass Ihr Bruder Bunge niedergestochen hat«, stellte Mona klar, »und innerlich befürchteten Sie bereits, dass er wieder die Kontrolle über sich verlieren würde. Darum hatten sie sicherheitshalber die Perücke aufgesetzt, um nicht sofort erkannt zu werden, falls etwas passiert. Aber Sie hätten sich auch vergewissern müssen, dass er kein Messer bei sich trägt.«

Die Kommissarin hatte mit ihrer Vermutung den Nagel auf den Kopf getroffen, das konnte sie an Silke Reiners Miene deutlich ablesen. Ihr Bruder war der Täter, aus was für Gründen auch immer. Vielleicht, weil es um seine Schwester ging, die von Bunge zurückgewiesen wurde? Bevor Mona weiter über diesen Punkt nachdenken konnte, klopfte es an die Tür, und gleich darauf trat Oltbeck höchstpersönlich ein. Er musterte Silke Reiners kurz, dann wandte er sich an die Kommissare: »Ich will nicht lange stören – aber ich muss Sie darüber informieren, dass der junge Mann in der Arrestzelle den Mord an Karsten Bunge soeben gestanden hat.«

»Dazu haben Sie ihn gezwungen!«, herrschte die Podcasterin den Chef an. »Felix könnte keinem Menschen ein Haar krümmen!«

Da nun zwei Geständnisse vorlagen, würden später Gutachter vor Gericht klären müssen, wer nun wirklich die Tat verübt hatte. Die zweite Person war jedenfalls als Mitwisser ebenso schuldig. Silke Reiners wurde zunächst in eine Arrestzelle geschafft. Sie und ihr Bruder erwartete am nächsten Tag ein Haftprüfungstermin vor einem Richter auf dem Festland.

»Hat Felix Reiners einen Grund für seine Bluttat genannt?«, wollte Mona von Oltbeck wissen. Der Hauptkommissar antwortete: »Er konnte es selbst nicht so genau sagen. Seine Schwester hat wohl mit dem Fahrer gestritten, und daraufhin hat der junge Mann ›rotgesehen‹, wie er selbst sich ausdrückte. Für uns ist der Fall jetzt abgeschlossen.«

Nach Monas Meinung traf Silke Reiners zumindest eine gewaltige Mitschuld an dem Mord. Sie hätte als Psychologin wissen müssen, dass die Ausbrüche ihres Bruders zu einer tödlichen Eskalation führen konnten. Stattdessen hatte sie sich eingebildet, ihn allein unter Kontrolle halten zu können.

»Ich wette, du willst jetzt einen Krankenbesuch machen«, vermutete Enno, während er seine Kollegin prüfend anschaute. Sie nickte. Das Schicksal von Ella Zäuner ließ ihr keine Ruhe. Sie ging zum nahegelegenen Inselkrankenhaus, das sich in der Gartenstraße befand. Tagsüber hatte Dr. Siemers Dienst. Sie fragte den jungen glatzköpfigen Arzt, wie es der nachts eingelieferten Patientin ging.

»Die Kopfverletzung war doch nicht so gravierend, wie es zunächst den Anschein hatte«, sagte er. »Die Patientin ist bei Bewusstsein, ich habe ihre Platzwunde genäht. Wenn ihr Zustand während der nächsten Stunden stabil bleibt, kann sie noch heute entlassen werden.«

Mona durfte kurz bei Ella Zäuner vorbeischauen. Sie lag in einem Krankenbett, ihr Kopf war bandagiert. Und sie strahlte, als sie die Kommissarin erblickte: »Moin – es ist so schön, von einer Freundin besucht zu werden!«

»Du grüßt mit *Moin* – wie eine Einheimische?«, fragte Mona schmunzelnd, während sie auf einem Besucherstuhl Platz nahm. Ella Zäuner nickte eifrig.

»Ja, das Beste habe ich dir gestern Abend noch gar nicht erzählt. – Ich habe einen Job auf Borkum ergattern können, also will ich mich hier möglichst schnell integrieren. Wir können uns nun viel öfter sehen!«

Diese Ankündigung löste bei Mona nicht gerade Begeisterung aus. Sie musste dieser Frau endlich Grenzen setzen.

»Dass du mich als Freundin bezeichnest, kann ich so nicht stehen lassen«, machte die Kommissarin deutlich, »denn du hast durch deine falschen Angaben zu Frese unsere Ermittlungen behindert. Dafür wirst du dich noch verantworten müssen. Und du kannst dich nicht so in mein Leben drängen, wie du es getan hast – das ist in meinen Augen lupenreines Stalking. Zur Freundschaft gehört für mich Vertrauen, und das kann ich dir momentan nicht entgegenbringen.«

Mona hatte ruhig, aber nachdrücklich gesprochen. Ob ihre Worte bei Ella angekommen waren? Zumindest in diesem Moment wirkte sie zerknirscht: »Ja, ich bin wohl wirklich über das Ziel hinausgeschossen … es tut mir leid, natürlich übernehme ich die Verantwortung für mein Verhalten.«

Die Kriminalistin runzelte die Stirn. Sie war die Letzte, die einer reumütigen Sünderin keine zweite Chance geben würde. Aber ob Ella Zäuner sich wirklich ändern wollte, würde erst die Zukunft zeigen.

ENDE

Ostfrieslandkrimi-Empfehlungen
des Klarant Verlages

In der beliebten „**Mona Sander und Enno Moll ermitteln**" - Reihe sind erschienen:

»Friesenbraut«, Band 1
Taschenbuch-ISBN: 978-3-95573-557-9
eBook-ISBN: 978-3-95573-556-2

»Friesenkreuz«, Band 2
Taschenbuch-ISBN: 978-3-95573-552-4
eBook-ISBN: 978-3-95573-600-2

»Friesenlauf«, Band 3
Taschenbuch-ISBN: 978-3-95573-553-1
eBook-ISBN: 978-3-95573-618-7

»Friesenflirt«, Band 4
Taschenbuch-ISBN: 978-3-95573-542-5
eBook-ISBN: 978-3-95573-541-8

»Friesenwahn«, Band 5
Taschenbuch-ISBN: 978-3-95573-622-4
eBook-ISBN: 978-3-95573-623-1

»Friesenstalker«, Band 6
Taschenbuch-ISBN: 978-3-95573-688-0
eBook-ISBN: 978-3-95573-701-6

»Friesenjuwel«, Band 7
Taschenbuch-ISBN: 978-3-95573-764-1
eBook-ISBN: 978-3-95573-765-8

»Friesenwrack«, Band 8
Taschenbuch-ISBN: 978-3-95573-796-2
eBook-ISBN: 978-3-95573-797-9

»Friesenbarbier«, Band 9
Taschenbuch-ISBN: 978-3-95573-833-4
eBook-ISBN: 978-3-95573-832-7

»Friesenstrand«, Band 10
Taschenbuch-ISBN: 978-3-95573-875-4
eBook-ISBN: 978-3-95573-876-1

»Friesenlist«, Band 11
Taschenbuch-ISBN: 978-3-95573-934-8
eBook-ISBN: 978-3-95573-935-5

»Friesenblues«, Band 12
Taschenbuch-ISBN: 978-3-95573-954-6
eBook-ISBN: 978-3-95573-955-3

»Friesenanker«, Band 13
Taschenbuch-ISBN: 978-3-96586-009-4
eBook-ISBN: 978-3-96586-010-0

»Friesenkoch«, Band 14
Taschenbuch-ISBN: 978-3-96586-105-3
eBook-ISBN: 978-3-96586-106-0

»Friesenwürger«, Band 15
Taschenbuch-ISBN: 978-3-96586-146-6
eBook-ISBN: 978-3-96586-145-9

»Friesentango«, Band 16
Taschenbuch-ISBN: 978-3-96586-164-0
eBook-ISBN: 978-3-96586-172-5

»Friesenbrauer«, Band 17
Taschenbuch-ISBN: 978-3-96586-201-2
eBook-ISBN: 978-3-96586-202-9

»Friesendiebin«, Band 18
Taschenbuch-ISBN: 978-3-96586-276-0
eBook-ISBN: 978-3-96586-277-7

»Friesenpoker«, Band 19
Taschenbuch-ISBN: 978-3-96586-321-7
eBook-ISBN: 978-3-96586-322-4

»Friesenleiche«, Band 20
Taschenbuch-ISBN: 978-3-96586-355-2
eBook-ISBN: 978-3-96586-356-9

»Friesentrick«, Band 21
Taschenbuch-ISBN: 978-3-96586-408-5
eBook-ISBN: 978-3-96586-409-2

»Friesenschatz«, Band 22
Taschenbuch-ISBN: 978-3-96586-450-4
eBook-ISBN: 978-3-96586-451-1

»Friesenmagier«, Band 23
Taschenbuch-ISBN: 978-3-96586-485-6
eBook-ISBN: 978-3-96586-486-3

»Friesenruine«, Band 24
Taschenbuch-ISBN: 978-3-96586-513-6
eBook-ISBN: 978-3-96586-514-3

»Friesenraub«, Band 25
Taschenbuch-ISBN: 978-3-96586-549-5
eBook-ISBN: 978-3-96586-550-1

»Friesenrichter«, Band 26
Taschenbuch-ISBN: 978-3-96586-560-0
eBook-ISBN: 978-3-96586-561-7

»Friesenhummer«, Band 27
Taschenbuch-ISBN: 978-3-96586-614-0
eBook-ISBN: 978-3-96586-615-7

»Friesenkugel«, Band 28
Taschenbuch-ISBN: 978-3-96586-627-0
eBook-ISBN: 978-3-96586-628-7

»Friesendolch«, Band 29
Taschenbuch-ISBN: 978-3-96586-649-2
eBook-ISBN: 978-3-96586-650-8

»Friesengeiz«, Band 30
Taschenbuch-ISBN: 978-3-96586-667-6
eBook-ISBN: 978-3-96586-668-3

»Friesendiva«, Band 31
Taschenbuch-ISBN: 978-3-96586-689-8
eBook-ISBN: 978-3-96586-690-4

»Friesenteich«, Band 32
Taschenbuch-ISBN: 978-3-96586-700-0
eBook-ISBN: 978-3-96586-701-7

»Friesensilber«, Band 33
Taschenbuch-ISBN: 978-3-96586-707-9
eBook-ISBN: 978-3-96586-708-6

»Friesenfisch«, Band 34
Taschenbuch-ISBN: 978-3-96586-742-0
eBook-ISBN: 978-3-96586-743-7

»Friesenduell«, Band 35
Taschenbuch-ISBN: 978-3-96586-764-2
eBook-ISBN: 978-3-96586-765-9

»Friesenwürfel«, Band 36
Taschenbuch-ISBN: 978-3-96586-795-6
eBook-ISBN: 978-3-96586-796-3

»Friesenradio«, Band 37
Taschenbuch-ISBN: 978-3-96586-831-1
eBook-ISBN: 978-3-96586-832-8

»Friesenartist«, Band 38
Taschenbuch-ISBN: 978-3-96586-847-2
eBook-ISBN: 978-3-96586-848-9

»Friesenpolizistin«, Band 39
Taschenbuch-ISBN: 978-3-96586-853-3
eBook-ISBN: 978-3-96586-854-0

»Friesenspur«, Band 40
Taschenbuch-ISBN: 978-3-96586-879-3
eBook-ISBN: 978-3-96586-880-9

»Friesenboot«, Band 41
Taschenbuch-ISBN: 978-3-96586-871-7
eBook-ISBN: 978-3-96586-872-4

»Friesenerpresser«, Band 42
Taschenbuch-ISBN: 978-3-96586-906-6
eBook-ISBN: 978-3-96586-907-3

»Friesenvilla«, Band 43
Taschenbuch-ISBN: 978-3-96586-934-9
eBook-ISBN: 978-3-96586-935-6

»Friesenmuschel«, Band 44
Taschenbuch-ISBN: 978-3-96586-968-4
eBook-ISBN: 978-3-96586-969-1

»Friesenturm«, Band 45
Taschenbuch-ISBN: 978-3-68975-006-0
eBook-ISBN: 978-3-68975-007-7

»Friesensegler«, Band 46
Taschenbuch-ISBN: 978-3-68975-030-5
eBook-ISBN: 978-3-68975-031-2

»Friesenjungfer«, Band 47
Taschenbuch-ISBN: 978-3-68975-045-9
eBook-ISBN: 978-3-68975-046-6

»Friesengarn«, Band 48
Taschenbuch-ISBN: 978-3-68975-073-2
eBook-ISBN: 978-3-68975-074-9

»Friesenklasse«, Band 49
Taschenbuch-ISBN: 978-3-68975-093-0
eBook-ISBN: 978-3-68975-074-9

»Friesenvogel«, Band 50
Taschenbuch-ISBN: 978-3-68975-108-1
eBook-ISBN: 978-3-68975-109-8

»Friesenbäcker«, Band 51
Taschenbuch-ISBN: 978-3-68975-150-0
eBook-ISBN: 978 3-68975-151-7

»Friesenwald«, Band 52
Taschenbuch-ISBN: 978-3-68975-191-3
eBook-ISBN: 978-3-68975-192-0

»Friesentinte«, Band 53
Taschenbuch-ISBN: 978-3-68975-239-2
eBook-ISBN: 978-3-68975-240-8

»Friesenbus«, Band 54
Taschenbuch-ISBN: 978-3-68975-272-9
eBook-ISBN: 978-3-68975-273-6

Klarant Verlag

Lernen Sie die Ostfrieslandkrimi-Titel des Klarant Verlages kennen und besuchen Sie uns im Internet unter:

www.ostfrieslandkrimi.de und www.klarant.de

Sie können dort Näheres über unsere Autorinnen und Autoren erfahren, viele weitere interessante Bücher und eBooks finden und Leseproben herunterladen. Mit dem kostenlosen Newsletter auf

www.ostfrieslandkrimi-lesen.de

erhalten Sie aktuelle Informationen rund um das Verlagsprogramm, wie beispielsweise spannende Neuerscheinungen und Gewinnspiele.